ODISSEIA

Homero

Adaptação	Apresentação	Posfácio	Ilustrações
Geraldine	Ana Maria	Adriel	Denis
McCaughrean	Machado	Bispo	Freitas

editora ática

Título original: *The Odissey*
Título da edição brasileira: *Odisseia*
Text © Geraldine McCaughrean, 1993

This translation of *The Odissey*, originally published in English in 1993, is published by arrangement with Oxford University Press. Esta tradução de *Odisseia*, originalmente feita a partir da adaptação em inglês publicada em 1993, é publicada mediante acordo firmado com a Oxford University Press.

Presidência Guilherme Alves Mélega

Direção executiva de negócio Morgana Lemos Monteiro de Oliveira Batistella

Direção pedagógica Luciana Patrocinio de Britto (ger.), Guilherme Cintra (coord.)

Direção de Educação Básica Flavia Alves Bravin

Direção editorial Lidiane Vivaldini Olo

Gerência de conteúdo Julio Cesar Augustus de Paula Santos

Autoria Homero, Geraldine McCaughrean (adap.), Marcos Bagno (trad.)

Edição Laura Vecchioli do Prado (coord.), Gabriela Castro Dias (edit.), Vivian Mendes Moreira (analista)

Produção editorial Renata Galdino

Revisão Letícia Pieroni (ger.), Alicia Rozza, Aline Vieira, Ana Paula Malfa, Anna Clara Razvickas, Arali Gomes, Bárbara Genereze, Bruno Freitas, Carla Bertinato, Carolina Guarilha, Daniela Lima, Danielle Modesto, Diego Carbone, Elane Vicente, Gabriela Andrade, Gisele Valente, Helena Settecerze, Heloísa Schiavo, Kátia Godoi, Lara Godoy, Lilian Kumai, Luciana Azevedo, Luís Boa Nova, Luiz Gustavo Bazana, Luíza Thomaz, Malvina Tomáz, Marília Lima, Paula Freire, Paula Baltazar, Paula Teixeira, Raquel Taveira, Ricardo Miyake, Shirley Ayres, Tayra Alfonso, Thaise Rodrigues, Thayane Vieira e Vanessa Santos

Arte Fernanda Costa da Silva (ger.), Kleber de Messas (coord.), Meyre Diniz Schwab (líder de projeto) e Carolina Mendonça Junger Mano (diagramação)

Aprendizagem digital Daniela Teves Nardi (ger.), Rafael Pereira de Paula Freitas (coord. produção multimídia), Daniella dos Santos Di Nubila (coord. produção digital) e Rogerio Fabio Alves (coord. conteúdo digital e publicação)

Ilustrações Denis Freitas

Licenciamentos Flávio Matuguma

Licenciamento e iconografia Roberta Bento (ger.), Iron Mantovanello (coord.), Thaisi Albarracin Lima, Douglas Cometti, Claudia Balista, Roberta Freire, Mariana Valeiro, Paula Squaiella, Alice Matoso, Maria Catarina Santos (pesquisa e licenciamento), Fernanda Crevin (tratamento de imagens), Liliane Rodrigues, Raísa Maris Reina, Ligia Dona, Daniel Scucuglia, Sabrina Regina de Marinho, Sueli Ferreira e Beatriz Alves dos Santos (analista de licenciamento)

Ilustração de capa Denis Freitas

Dados Internacionais de Catalogação na Publicação (CIP)

```
McCaughrean, Geraldine, 1951-
   Odisseia / Homero ; adaptação de Geraldine McCaughrean ;
apresentação de Ana Maria Machado ; tradução de Marcos Bagno
; ilustrações de Denis Freitas. -- 2. ed. -- São Paulo :
Ática, 2024.
   (Tesouro dos clássicos juvenil)

   Bibliografia
   ISBN 978-85-0820-055-9
   Título original: The Odissey

   1. Poesia épica grega - Adaptação I. Título II. Homero III.
Machado, Ana Maria IV. Bagno, Marcos V. Freitas, Denis

24-1305                           CDD 808.899282
```

Angélica Ilacqua – Bibliotecária – CRB-8/7057

2024
2ª edição
CL 537406
CAE 850181
OP 248533
1ª impressão
Impressão e acabamento:Bartira

editora ática

Direitos desta edição cedidos à Somos Sistemas de Ensino S.A.
Av. Paulista, 901, Bela Vista – São Paulo – SP
CEP 01311-100 | Tel.: (0xx11) 4003-3061
Conheça o nosso portal de literatura Coletivo Leitor:
www.coletivoleitor.com.br

Para Alexander Leslie Krasodomski Jones – G. M.

SUMÁRIO

COM A GRANDEZA DO MAR

Ana Maria Machado

É muito bom que hoje em dia existam boas adaptações da *Odisseia* ao alcance dos leitores jovens. Eu não tive essa sorte. Só fui ler a obra de Homero quando já estava na faculdade — e em versão integral. Apaixonei-me por ela, numa história de releituras que vem me acompanhando pela vida afora. Aliás, meu primeiro romance para adultos, *Alice e Ulisses*, foi diretamente inspirado por esse fascinante herói (que os gregos chamavam de Odisseu): inteligente, corajoso, disposto a se meter em tudo o que é aventura, mas o tempo todo pensando em voltar para casa.

Mas quem pode ler desde cedo uma boa adaptação da *Odisseia*, como esta aqui, já começa sua vida leitora levando uma vantagem enorme. Tem muito mais condições de ficar logo íntimo de Odisseu (ou Ulisses, não importa como o chame) ao acompanhar suas aventuras.

Esse personagem tem uma característica que o distingue de maneira muito marcante dos outros heróis gregos: a astúcia. Ele não é apenas muito corajoso, mas é arguto, sagaz, cheio de recursos inteligentes. Ao se meter numa situação, parece que está prevendo o que pode acontecer depois. Por isso, diz ao ciclope Polifemo que seu nome é Ninguém e leva adiante seu plano de fuga que permite salvar vários companheiros. Sendo bem informado, na Terra dos Comedores de Lótus logo percebe qual é o perigo real, e na ilha de Circe é capaz de se defender da feiticeira com um antídoto. Ousa ouvir o canto das sereias, porque se protege de tal maneira que elas não conseguem destruí-lo. Ao chegar em casa, faz o mais difícil:

sabe controlar a própria fúria e esperar o momento propício de se revelar. Ou seja, apesar de sua ousadia e de suas bravatas, a esperteza de Odisseu acaba sempre funcionando a seu favor.

Outra característica que ficou muito famosa em Odisseu foi sua fidelidade à esposa. Seu objetivo é voltar para ela e, por isso, ele é capaz de abandonar situações tentadoras como a da ilha de Circe ou os braços de Calipso. Mas, na verdade, quem foi realmente fiel foi Penélope, que esperou pelo marido durante 18 anos e não cedeu a tantos pretendentes que a assediaram.

Talvez, porém, o aspecto mais marcante dessa história seja a encarnação da ideia grega de fatalidade. A noção de que o ser humano é um joguete do destino, um brinquedo dos deuses. E quando um dos deuses é Posêidon, entram em cena todos os mistérios e poderes do mar — afinal de contas, este é o maior personagem do livro, com sua grandeza e vastidão, com seus abismos insondáveis.

Odisseia é uma das obras mais importantes da literatura universal. Durante muito tempo, nem ao menos foi escrita: era um longo poema repetido oralmente, cantado de cidade em cidade por poetas itinerantes, os aedos. Só depois de sobreviver por alguns séculos dessa forma é que seus versos foram registrados, quando o alfabeto foi introduzido na cultura grega. É uma das mais antigas e belas narrativas humanas, uma história fundadora, que lançou as bases de toda a literatura ocidental. Continua emocionante até hoje, encantando leitores de todas as idades e nos transportando a um tempo que pode ser muito antigo, mas já anunciava verdades e sentimentos eternos. Obra feita de palavras, durou muito mais que os templos de mármore e os palácios de pedra em que viveram os antigos gregos. E se oferece a nós a cada dia, sempre pronta a ser novamente habitada.

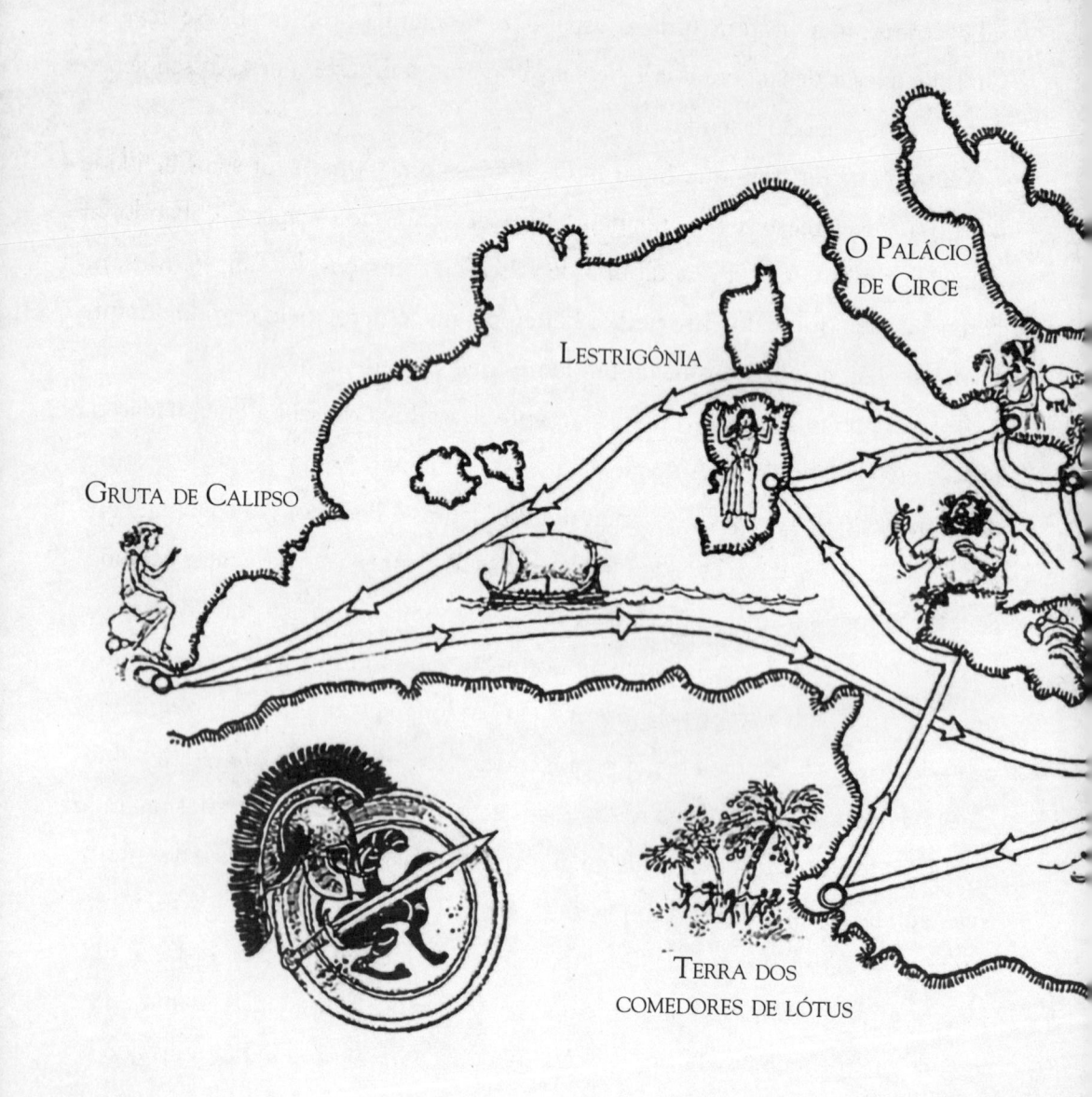

GRUTA DE CALIPSO

LESTRIGÔNIA

O PALÁCIO
DE CIRCE

TERRA DOS
COMEDORES DE LÓTUS

N
O · L
S

MONTE OLIMPO

AS REIAS

TROIA

ÍTACA
ATENAS

MAR MEDITERRÂNEO

AS REVIRAVOLTAS DE ODISSEU

1

Saudade de casa

A guerra tinha durado muito, muito tempo. Então, de repente, ela terminou numa centelha de fogo, num jorro de sangue e num tropel de cavalos. À beira-mar se reuniam grupos de homens, cujos barcos tinham balançado preguiçosamente durante mil marés na baía de Troia.

Havia muitos rostos ausentes, muitos remos sem remadores depois de dez anos de guerra. Mas aqueles que desdobravam suas velas, posicionavam seus remos e ajustavam os lemes estavam alegres. Seus mastros foram suspensos com os símbolos da vitória e seus porões estavam repletos do ouro e do vinho de Troia. O melhor de tudo: estavam indo para casa.

Para casa! Para mulheres que eles não viam há dez anos, para filhos que tinham passado de meninos a homens feitos, para filhas que tinham deixado de ser bebês para se tornar belas jovens, para fazendas que permaneceram descuidadas e incultas por dez verões abrasadores. Umas poucas remadas e eles estariam em casa — todos aqueles homens que tinham respondido ao chamado da guerra, convocados em cada ilha e cada praia daquele oceano circular.

Os longos barcos velozes eram empurrados da areia e do cascalho para dentro da água mais funda. Os amigos, com água pela cintura, acenavam, acenavam, acenavam:

— Até mais ver, Nestor!

— Até mais ver, Menelau!

— Até mais ver, bravo Mirmídones!

— Boa viagem, Odisseu!

Odisseu sentiu a areia e o cascalho raspar contra o fundo de sua embarcação. Em seguida, ao ouvir a espuma branca bater contra a proa e o estalar da vela que se enfunava, ele se inclinou sobre o leme e desviou o olhar da linha costeira e das ruínas fumegantes de Troia. Estava de regresso ao seu reino de Ítaca, formado por três ilhas. Seu mascote, um galo novo, cantou triunfalmente sobre o parapeito da popa.

Agrupados atrás de seu barco negro e veloz, como pequenos cisnes atrás de sua mãe, vinham outros onze barcos, todos tripulados por homens de Ítaca, de Cefalônia e de Zante, a ilha coberta de florestas. No começo, as remadas foram terríveis. Seus remos batiam descompassados pela falta de prática e seus ombros ardiam sob o sol de Troia. Mas gradualmente encontraram um ritmo — uma remada, um grunhido e um suspiro.

— Seu filho agora deve ser um belo rapaz, capitão — disse Polites.

— Onze anos! Quase onze! Ele era apenas um bebê quando saí de Ítaca. De nada pude valer à mãe dele, já que a deixei sozinha para cuidar de tudo.

— Sim, capitão, mas que mulher! Uma mulher que nunca soube o que é impaciência!

Odisseu contemplou a distância com um olhar perdido.

— É verdade, Polites, que mulher!

Da janela mais alta do palácio de Pelicata, os olhos de Penélope, rainha de Ítaca e mulher de Odisseu, vasculhavam o oceano riscado de ondas. Uma sombra escura capturou seu olhar, lá longe, bem longe mar adentro. No mesmo instante, ela se debruçou na janela e suas mãos mergulharam na vasta parreira que forrava a parede externa do palácio.

— Odisseu! Odisseu!

Sua voz ecoou pelos pátios vazios e rolou penhasco abaixo. Telêmaco, seu filho, interrompeu o treino de arco e flecha e correu para casa.

Mas era apenas a sombra de uma nuvem levada pelo vento, e barco nenhum. Penélope apertou o rosto contra a pedra fria da moldura da janela e controlou a respiração. Atrás dela, Telêmaco irrompia quarto adentro:

— É ele, mãe? É meu pai que está voltando da guerra?

Penélope se afastou da janela, sorrindo:

— Ainda não, Telêmaco. Eu me enganei. Ainda não foi desta vez.

Uma súbita brisa soprou. As brisas se reuniram num vento. O vento se contorceu num vendaval veloz, e o vendaval rodopiou até se tornar um frenesi. As ondas faziam malabarismos com os doze barcos de Odisseu: os que eram erguidos pelas cristas e os que eram puxados para baixo colidiam casco com casco enquanto subiam e desciam. Os tripulantes olharam aterrorizados para seus companheiros e todos se viram por um momento contra um céu furioso de raios; no instante seguinte, estavam num vale de brilhante água escura e, logo, envoltos em nuvens de espuma. Ergueram os remos, mas foram lentos demais para baixar as velas, que se rasgaram em pedaços. Seus panos foram tão retorcidos pelo vento que os cordões quase estrangulavam os marujos. Duzentas vozes chamaram pelos deuses, e as preces deslizaram como gaivotas sobre o mar tempestuoso. Por nove dias e nove noites, comeram pão empapado e beberam água da chuva, recolhendo-a com as mãos dos porões das embarcações.

— Terra!

— Onde? Você está mentindo!

— Lá! Lá!

— É uma nuvem!

— É um recife!

— É uma ilha!

— Seremos levados para longe dela!

— Seremos arremessados contra ela!

— Seremos esmagados!

— Seremos salvos — disse Odisseu em voz baixa e calma — e devemos agradecer aos deuses por isso.

Era mesmo o caso de agradecer aos deuses. A tempestade cessou num instante, e eles se viram numa praia ensolarada de areias brancas. Dispersos como restos de um naufrágio, os doze barcos estavam virados de lado, enquanto o mar roçava seus ventres bojudos. Os marujos se apinhavam sobre a areia, e a maioria adormeceu.

— Podemos sair à procura de comida? — perguntou Euríloco.

— Não querem descansar? — disse Odisseu, surpreso.

— Tenho mulher e seis filhas à minha espera em casa, e não tenho a intenção de fazê-las esperar mais do que o necessário, capitão. Já fiquei longe por dez anos.

— Muito bem. Mas vá com cuidado. Leve só vinte homens com você: não quero que os habitantes da ilha pensem que somos uma força invasora... e não se metam em nenhuma briga.

Odisseu, por sua parte, estava ansioso por inspecionar os barcos e verificar os danos. Assim, Euríloco escolheu os homens e se embrenhou terra adentro em busca de comida e água potável.

O sol poente rasgava uma ferida rubra no céu. A noite tingiu-a de preto. Mas Euríloco ainda não tinha retornado.

Odisseu esperou as primeiras luzes para começar a busca. Deixando os barcos bem guardados, levou cinquenta homens para o interior da ilha, através de uma floresta densa e luxuriante. Folhas aveludadas e suculentas tocavam seus rostos. Flores de aroma doce, pesadas de tanto néctar, se inclinavam e salpicavam pólen no cabelo dos homens. Havia o murmúrio de água corrente, e das moitas douradas corças de olhos negros espiavam os recém-chegados.

— Como poderia haver perigos num lugar como este? — sussurrou Polites por sobre o ombro de Odisseu.

O rei de Ítaca nada disse, mas os pelos de sua nuca se arrepiaram. Tendo percorrido pouco mais de uma milha da trilha verde e sombreada, eles foram surpreendidos por uma clareira luminosa, onde as águas refletiam o brilho do sol. Em torno do lago havia uma aldeia. À sombra dos telhados feitos de folhas de palmeira, com seus cinturões desafivelados, Euríloco e seus homens estavam deitados, ao lado de um bando de aldeões nus. Todos os jovens nativos, rapazes e moças, tinham longos e espessos cabelos, que se derramavam sobre seus ombros e sobre os hóspedes deitados na relva. Estavam servindo a seus visitantes frutos tirados de bacias de madeira e, avistando Odisseu, puseram-se em pé; sorrindo, correram, agarraram os recém-chegados e os empurraram na direção da sombra. Suas mãos eram da mesma cor das castanhas, e sua pele tão pegajosa quanto os botões da castanheira com o sumo da fruta. Suas palavras eram suaves murmúrios, zumbidos semelhantes a canções meio esquecidas, e seus lábios em nenhum momento paravam de sorrir.

Euríloco também sorria. Sorria para Odisseu como para alguém cuja face era levemente familiar, e suas palavras saíram um pouco confusas quando disse:

— Eu não conheço você? Venha e coma algumas destas frutas. Há muito delas! Muito! Prove! Você nunca provou nada parecido! Eu conheço você, não é? Conheço?

Atirou um pedaço de fruta — um globo dourado envolto numa pele aveludada — e Polites estendeu o braço para apanhá-lo. Mas Odisseu arrebatou a fruta no ar e lançou-a no lago. Virou-se e sussurrou:

— Diga aos homens que ninguém deve tocar as frutas.

Afastou de si as mãos escuras e pegajosas que lhe ofereciam o apetitoso alimento. Em seguida, gritou para Euríloco:

— E sua mulher? E suas seis filhas, meu amigo? Vai deixá-las esperando enquanto se diverte por aqui?

— Quem? O quê? Perdão, amigo, mas acho que você está falando com o homem errado... Mulher? Filhas? Coma algumas frutas. É disso que você precisa: algumas frutas para ajustar suas ideias.

E enquanto Euríloco falava, o suco escorria-lhe pela barba e manchava-lhe o peito com um açúcar dourado e cristalino.

Polites alarmou-se:

— O que está havendo com ele, capitão? O que está havendo com todos eles?

Uma nativa pressionou uma fruta contra os lábios de Odisseu até que ele a agarrou pelo pulso e a empurrou para longe.

— Nunca ouviu falar dos comedores de lótus, Polites?

— Os comedores de lótus?

—... comedores de lótus?

—... de lótus?

O nome ecoou pelas fileiras dos homens de Odisseu e seus rostos ficaram brancos como fantasmas. Odisseu subiu num tronco às margens do lago.

— Coragem, homens! Seus companheiros andaram comendo a fruta de lótus. Suas lembranças se dissolveram e sua inteligência se afogou no suco traiçoeiro. Eles agora pouco se importam conosco ou com as famílias que esperam por eles. Devemos abandoná-los aqui? Ou devemos salvá-los de si mesmos? Fechem os ouvidos, selem os lábios e ajudem-me a carregá-los de volta aos barcos!

Eles correram em torno do lago, repelindo as carícias acastanhadas dos moradores da aldeia e derrubando as bacias e as cestas de frutas de lótus. Atiraram-se sobre os companheiros — dois homens para cada um — e os obrigaram a ficar de pé.

— Deixem-nos em paz! O que estão fazendo? Vão embora! Quem são vocês? — guinchavam os gregos entorpecidos de lótus. — Seus bárbaros! Se o que vocês querem é fruta, há muita para todos! O que estão fazendo? Para onde estão nos levando? Deixem-nos em paz! Por piedade, não nos levem para longe das frutas!

Quanto mais eram arrastados para longe do lago pela trilha sombreada, mais desesperadamente eles se debatiam e guinchavam:

— A fruta! Temos de levar a fruta! O que estão fazendo? Não podemos partir sem a fruta, pois morreremos! Todos morreremos sem ela! Ela é a vida! Ela é tudo! Piedade! Não nos façam abandonar a fruta!

De ouvidos tapados e lábios selados, Odisseu e o grupo de cinquenta homens arrastavam com força seus amigos alucinados no rumo da praia, por mais que seus pés se debatessem e suas mãos aterrorizadas agarrassem os galhos das árvores. Os aldeões comedores de lótus seguiam atrás deles, murmurando seus queixumes. Mas quando se afastaram demais do bosque onde cresciam suas adoradas árvores de lótus, correram de volta à aldeia.

— Levem algumas frutas! Por favor! Um pedaço de fruta, se existir um fio de piedade em vocês! — implorava Euríloco.

— Devemos, capitão? — perguntou Polites, ansioso. — Precisamos de alimento para poder remar!

Mas Odisseu proibiu que uma única fruta de lótus fosse levada a bordo, e os doze barcos foram lançados às ondas tão vazios quanto antes.

— De que adiantará remar se tivermos esquecido para onde vamos? — disse ele. — Amarrem os comedores de lótus em seus bancos e só os soltem quando este lugar estiver fora de vista, senão eles vão tentar nadar de volta.

E de fato nadariam, não fossem pelas cordas resistentes que os prendiam e pela determinação dos companheiros, que puseram em ação seus remos reluzentes.

Por fim, suas mentes se libertaram do néctar entorpecente da fruta mortal. Começaram a se lembrar e a se envergonhar. E, amarrados em seus bancos, nos porões balançantes dos longos barcos velozes, começaram de fato a se sentir muito enjoados depois de ter comido toda aquela fruta.

2

O ciclope Polifemo

Uma coisa havia em abundância: vinho. O vinho pilhado das adegas troianas transbordava em ânforas pontudas de cerâmica, enterradas fundo em montes de areia na popa de cada embarcação. Mas, quanto à comida, não restava sequer um naco. Odisseu permitiu que seus homens tomassem um gole do vinho troiano, na esperança de que isso os deixasse mais animados. Mas, para seu horror, eles tombaram imediatamente numa embriaguez descontrolada, antes de adormecerem nos ombros uns dos outros.

— Um pouco forte demais — disse o capitão a seu mascote, e o galo encolheu as asas e afofou as penas. Os barcos, sem remadores, seguiam à deriva.

— Terra! — gritou o sentinela no dia seguinte.

— Vejam, vinhas!

— Oliveiras!

— Cabras!

— Vamos até lá para encher os barcos agora mesmo!

— Vamos ser prudentes e pegar somente o que nos for oferecido — disse Odisseu. — Vou levar comigo a tripulação de um barco e fazer contato com os habitantes do lugar. O resto de vocês, atraque junto àquela pequena ilha ao largo da costa e espere até que eu mande dizer que é seguro se juntar a nós.

Assim, um único barco partiu rumo à rochosa terra firme, que se estendia sobre penhascos repletos de cavernas, plantada de oliveiras e trigais. É difícil avaliar tamanhos quando se olha a praia a partir de um barco no mar; do contrário, eles teriam se espantado com o tamanho das imensas cavernas ou com a altura do trigo. Não havia nenhum barco atracado na baía, pois a arte da construção naval ainda não tinha alcançado aquele recanto esquecido do mundo. Não havia ninguém por ali.

— Tragam essa ânfora de vinho — disse Odisseu. — Talvez possamos trocá-la por comida ou dá-la de presente se formos recebidos amistosamente.

Foram necessários quatro homens fortes para carregar a enorme jarra de pedra, transportada entre dois remos enfiados em suas alças torneadas.

Cambalearam até a praia e escalaram uma trilha que levava à caverna mais próxima. Ao entrarem nela, foram subjugados pelo forte cheiro de queijo e de ovelhas. Os carregadores de vinho baixaram a ânfora e encostaram os remos na sombria parede do fundo da caverna. Ao fazerem isso, caíram sobre um queijo enorme e macio, do tamanho de uma pedra de moinho.

— Veja o tamanho disso, capitão! Vamos pegar esse queijo e sair daqui. É comida o bastante para nos sustentar até Ítaca.

— Como? Roubar? Quando podemos esperar e ganhar isso de presente? — disse Odisseu, com certa pompa. — Pelas leis da hospitalidade, é o nosso anfitrião quem deve nos dar comida para nossa jornada.

O brilho do sol poente penetrou pela boca da caverna e, quando os insetos da noite começaram a zumbir, os moradores do penhasco retornaram para recolher suas ovelhas. Os marujos puderam ouvir os seixos, deslocados das trilhas, caindo no mar. Logo chegaram as ovelhas.

Ovelhas? Eram do tamanho de touros, felpudas como os fardos de linho embarcados um a um nos grandes barcos de Creta.

As ovelhas pareciam delicadas ao lado de seu pastor: uma monstruosa massa de carne e osso, cujos pés se arrastavam no chão imundo e cuja boca era em si mesma uma grande caverna. No centro de sua testa, rodeado por pestanas remelentas, escancarava-se um único olho gigantesco.

O ciclope conduziu as ovelhas caverna adentro, rolou uma grande pedra até a entrada para fechá-la e em seguida reavivou a fogueira que ardia no centro da caverna. Quando o fogo se ergueu, iluminou os rostos paralisados dos estarrecidos gregos. O olho solitário brilhava enquanto se fixava em cada um dos homens, e o ciclope grunhiu, sorridente:

— Olá, gentinha. Como vocês são pequeninos!

— De fato, de fato. Seres miseráveis e desprezíveis que vieram admirar a famosa raça dos gigantes de um único olho — disse Odisseu (que não era somente um herói e um rei, mas também um diplomata).

O ciclope tinha dificuldade em ouvir o pequeno sopro de voz. Limpou um dos ouvidos com o dedo.

— Hum... Dois olhos... Muito nojento. Mas não vou deixar que isso me perturbe. Eu, Polifemo, vou cuidar disso agora mesmo.

Estendendo o braço, agarrou o membro mais robusto da tripulação e o lançou em sua boca cavernosa.

Foi tudo rápido demais. Não se ouviu nenhum grito de protesto. Quando o segundo homem foi apanhado, os gregos ergueram um clamor que abalou o penhasco, correndo de um lado a outro da caverna e batendo com os punhos na rocha.

— Cavalheiro! — gritou Odisseu, lutando para abafar o terror de sua voz. — Com quem aprendeu essas maneiras? Com a ralé de Troia? Todos sabem que os deuses desaprovam o homem que se mostra rude com seus hóspedes!

— Ninguém desaprova Polifemo — disse o ciclope, batendo em seu peito cabeludo. — Meu pai é um deus! Posso fazer o que quiser.

Começou a contar os homens com um dedo esticado, lambendo seus lábios peludos.

— Hum... Tem mais de vocês lá fora? De onde vieram? Saíram de um buraco na terra, como formigas, ou desceram voando do céu?

Encorajado pela raiva, um dos homens começou a dizer:

— Viemos do mar em barcos de guerra, com espadas e lanças a bordo. Sim, existem muitos homens de valor que...

—... que estariam aqui agora se não tivessem naufragado e se afogado entre os rochedos — disse Odisseu rapidamente, para proteger os quinhentos que esperavam junto à pequena ilha fora da costa, ignorantes do que acontecia. (Melhor perder cinquenta homens do que quinhentos e cinquenta.)

— E quem é você, magrelo? — perguntou o ciclope, fazendo os dedos caminharem pelo solo na direção de Odisseu.

Por um momento, ele ficou tentado a levantar a cabeça e dizer: "Sou Odisseu, rei de Ítaca, herói de Troia, cujos feitos são cantados por poetas e cujo reino abarca Cefalônia e Zante". Mas Odisseu, em vez disso, declarou:

— Sempre fui um motivo de vergonha para minha mãe e meu pai. Sou tão pequeno de estatura que meus pais me chamaram de Ninguém. Que orgulho você poderia ter com um prisioneiro assim? Retire a pedra da entrada e deixe-nos ir, ou não lhe darei o presente que trouxe comigo.

— Presente? Que presente? Adoro presentes! Quero um presente! Me dê um presente! Se me der, eu não como você, Ninguém. Prometo, prometo, prometo! — disse o ciclope, batendo no chão com os punhos fechados.

— Muito bem. Já que pediu tão delicadamente... Homens! Vão buscar a ânfora.

De cada canto da caverna saíram gregos rastejando, a soluçar de pavor. Não tinham a menor vontade de dar nem sequer o odor de seu suor ao ciclope, mas confiavam em seu capitão e trouxeram a jarra de pedra oculta na sombra.

— Ora, é só isso? Eu já tenho vinho — rosnou Polifemo.

— Não, igual a este, não tem.

Polifemo então quebrou o gargalo da ânfora e tomou um trago.

— Hum! Gostoso.

— O sabor se esconde no fundo — disse Odisseu, com vivacidade. — O primeiro gole é bom, mas o melhor está na borra final.

Assim, Polifemo tomou o vinho todo e teve de concordar que, quanto mais bebia, mais alegre ficava, até que, quando a ânfora ficou vazia, estava tão feliz que seu cérebro parecia manteiga derretida e suas palavras eram como ovos mexidos.

— Presente bão, Ninguém. Delixiojo. Polifemo vai cair no xono agora. Ovelhas com xono tammém... Uaaaahh... De manhã xedo eu comocê, Ninguém.

— Comocê? — indagou Odisseu, esperando não ter entendido bem.

— Não xeja bobo. Cê não pode me comê. Eu é que comocê.

— Mas você prometeu! — gritou Odisseu, indignado.

— Eu menti — disse Polifemo, com um sorriso brilhante, antes de cair para trás, inconsciente.

Por um momento, houve silêncio. Em seguida, todos se precipitaram rumo à saída e começaram a tentar mover a grande pedra.

Foi inútil. Os homens caíram de joelhos, exaustos, e choraram abertamente.

— Estamos condenados, capitão. Não deu certo. Seu plano não deu certo.

— Meu plano apenas começou — disse Odisseu do fundo da caverna, onde tinha ficado a observar a luta dos homens contra a pedra. — Quem tem uma faca? Ajudem-me a fazer uma ponta neste remo, depressa! A bebida não vai manter nosso hospitaleiro amigo adormecido por muito tempo.

Com facas e lascas arrancadas do chão da caverna, eles entalharam a extremidade arredondada de um dos remos com que tinham transportado a ânfora de vinho. Quando a ponta ficou afiada, eles a deitaram nas brasas mortiças da fogueira. E quando estava em fogo vivo e prestes a se incendiar, eles a temperaram, dura como metal, lançando sobre ela o leite tirado de uma ovelha. De novo a puseram no fogo. Quando ficou de novo incandescente, eram as horas mais escuras da noite, e o ciclope monstruoso estava começando a se agitar.

Homens que tinham investido contra os portões de bronze de Troia mais uma vez estavam lado a lado, a ponta afiada do remo sobre os ombros como um aríete. Odisseu era o mais próximo da ponta reluzente. Conduziu o remo. Guiou a ponta para o olho entreaberto do ciclope que despertava. E ele e seus companheiros caíram de costas com o estrondo que se seguiu.

Polifemo arqueou as costas e desesperadamente tentou golpear seus atacantes e a dor em sua cabeça. Apoderou-se do remo tremulante e o arrancou de seu rosto torturado, arremessando-o longe. As ovelhas se dispersaram, em pânico. Os gregos voltaram o rosto para o chão e invocaram os deuses. Os gritos do ciclope retumbaram na caverna como o badalo de um sino, fazendo estremecer a face externa da gruta. Blocos de terra desmoronaram no mar.

Outros ciclopes foram tirados do sono — homens e mulheres, todos tão altos quanto árvores — e saíram com estardalhaço pela escuridão, correndo para ajudar o vizinho.

— O que foi, Polifemo? Quem está aí com você?

O grito veio em resposta:

— Ninguém! Ninguém me feriu! Ninguém está aqui! Oh, alguém conte para meu pai! Ninguém me cegou!

Os ciclopes se entreolharam na escuridão sem lua.

— Bem, então não há nada de errado. Foi só um pesadelo. Estamos contentes por ouvir isso, Polifemo! Que a paz pouse em sua pálpebra até o amanhecer!

E se foram, um pouco mal-humorados por terem sido despertados à toa.

Quando os ouviu partir, Polifemo caiu num terrível silêncio, olhando ao redor para a escuridão indescritível daquela noite que duraria para sempre. Finalmente, disse:

— Seu plano falhou, Ninguém. Não estou morto. Mas você e seus companheiros nunca sairão vivos desta caverna!

Do lado de fora, o céu da noite se tornava pálido de medo. Amanhecia. Mas nenhum raio de sol esgueirando-se pela maciça pedra redonda contou a Polifemo que já era dia — somente o balido de suas ovelhas.

— Oh, minhas lanosas! Querem estar lá fora, à luz do dia. Claro que querem. Eu por acaso não sei, melhor que qualquer uma de vocês, o que é ter saudade da luz do sol? Foi-se! Nunca mais a verei de novo. Cego! Oh, deusès! Cego para sempre! O azul do céu nada mais é do que um ruído. O verde da grama nada mais é do que a umidade sob os pés. Oh, minhas ovelhas queridas, felizes e ignorantes! Ah, se vocês soubessem falar para me dizer onde estão escondidos esses gregos. Eu os quebraria como ossinhos da sorte. Eu os mataria vinte vezes!

Tateando os contornos familiares da rocha que bloqueava sua caverna, apoiou-a sobre os ombros e a rolou para o lado. Mas se sentou bem no meio da passagem, com as mãos estendidas para cada lado, de modo que nenhum grego nojento passasse vivo por ali. O sol aquecia suas costas e as ovelhas se empurravam para a frente, balindo.

— Devagar, agora. Calma, minhas queridinhas — disse o ciclope com ternura. — Nunca permitirei que os vilões passem por mim agarrados na lã de vocês.

E ele ia apalpando as costas das ovelhas e seus flancos lanudos antes de deixá-las sair.

Mal sabia ele que Odisseu tinha amarrado as ovelhas três a três e que debaixo de cada ovelha do meio havia um homem agarrado à lã para salvar sua vida.

Logo, todos os animais tinham passado por Polifemo, exceto um. Só restava o velho e grande carneiro, que levava o próprio Odisseu agarrado ao ventre. Quando o animal passou pelo ciclope, este o segurou pela cabeça com as duas mãos enormes e deixou cair lágrimas de seu olho perdido.

— Ah, meu velho camarada. Meu querido amigo e companheiro. Quem me dera os deuses te permitissem falar para descrever a beleza e a selvageria do mundo. De que te sirvo eu agora? Como posso ordenhar tuas ovelhas ou te guiar até as pastagens? Terei de te entregar aos meus vizinhos imprestáveis, aquela gentalha que me deixou em agonia na noite passada e não veio me ajudar. Oh, meu lanudo! Estou tão triste! Tu nunca, nunca saberás quanto estou triste!

Por fim, deixou o carneiro passar, e Odisseu caiu de costas sobre a trilha íngreme do penhasco. Pôs-se de pé e correu atrás de seus homens, já reunidos na praia abaixo. Estavam embarcando as ovelhas em seu barco negro: comida para a viagem.

Zarparam. Dobraram-se sobre seus remos. O mar se ergueu, branco, sob a proa. Em seu curso, passaram pelo penhasco repleto de cavernas, justo abaixo da entrada da gruta onde Polifemo, sentado, tateava em busca de seus inimigos. A lembrança dos dois companheiros mortos enfureceu Odisseu: não conseguia desviar os olhos do imenso dorso peludo do ciclope que choramingava. De repente, ficou de pé e rugiu:

— *Eu sou Odisseu*, Polifemo! Sou Odisseu, herói de Troia, e meu reino abarca Ítaca, Cefalônia e Zante! Fui eu quem te cegou, e os poetas um dia me louvarão por isso em canções de dezesseis versos!

Os homens em seus remos olharam para ele, incrédulos. Até seu mascote, o galo de estimação, deu-lhe uma bicada no braço. Mas Odisseu não se arrependeu:

— Que mal pode haver nisso? — disse ele, em voz baixa. — Não há ninguém para me ouvir além de um ciclope cego... hahaha.

Polifemo ouviu a zombaria, pôs-se de joelhos e, logo, de pé. Apurou os ouvidos na direção da voz de Odisseu. Apanhou a pedra redonda da abertura de sua caverna e levantou-a acima da cabeça. Antes de arremessá-la, ergueu o olho cego para o calor do sol e invocou:

— Pai! Ó deus dos oceanos! Posêidon, deus do mar, ouve minha maldição! Vê o que Odisseu, rei de Ítaca, fez a teu filho! Odeia-o com todo o calor do centro da terra, como eu o odeio! Odeia-o com toda a fatalidade dos picos gelados da terra, como eu o odeio! Amaldiçoa-o como eu o amaldiçoo! Vinga-me, pois sou impotente para me vingar! — e arremessou a grande pedra.

Ela atingiu a água a poucos centímetros do leme da popa, e a onda que provocou, como se fosse uma mão, ergueu o barco e o atirou para a frente, rasgando um sulco através do mar. Bateram em cheio contra a pequena ilha fora da costa, onde os outros os esperavam. De ponta a ponta da quilha, o barco se fendeu, despejando os remadores sobre a areia prateada. Odisseu, enquanto rolava na praia, riu em voz alta e deu um chute no ar.

— Tudo isso pela maldição de um ciclope? — zombou, enquanto seus quinhentos e mais homens se reuniam em torno dele, abatendo as ovelhas capturadas.

Mas nenhum daqueles que tinham escapado da caverna achou graça, e ninguém o congratulou. Dois de seus companheiros estavam mortos — engolidos pelo ciclope — e Polifemo tinha lançado uma praga sobre os outros.

Odisseu lançou um olhar mal-humorado e deitou-se de costas, contemplando o céu ensolarado da manhã.

— Posêidon, foi o que ele disse? — sussurrou uma voz em seu coração. — Seremos amaldiçoados por Posêidon, o deus do mar?

E em algum lugar, no fundo do oceano, os gritos de Polifemo fizeram tremer as arraias elétricas e deixaram boquiabertos os mariscos.

— Polifemo está cego! — gritaram. — Malditos sejam Odisseu e todos os seus homens!

3

Eólia e Lestrigônia

No início, era só um lampejo ofuscante no horizonte, um clarão brilhante demais para os olhos. Mas logo eles começaram a perceber suas formas.

— Terra! — gritou o vigia.

— Não, só pode ser um barco!

— Uma ilha!

— Uma cidade!

Eólia era todas essas coisas. Erguia-se do mar como uma grande bacia de bronze revirada — flutuando, balançando, toda circundada de penhascos de bronze tão altos quanto as muralhas de Troia. Somente uma linha branca de sal marinho ressecado manchava suas encostas reluzentes e polidas. Não havia nenhuma escada, degrau ou andaime. À medida que costeavam a ilha, eles puderam ver seus próprios rostos — uma estranha visão depois de dez anos vividos em tendas de batalha. Enquanto alisavam a barba e os cabelos, Odisseu levou à boca as mãos em concha e saudou o povo de Eólia.

Bem ao seu lado, foi baixada uma cesta de metal, com a forma de um ninho de andorinhão, pendurada numa corrente de bronze. Um braço acenava da beira do alto paredão de bronze. Sem sequer um momento de hesitação, Odisseu pulou dentro da cesta.

— Ao primeiro sinal de problema, zarpem depressa e se afastem. Polites ficará no comando se eu não regressar.

Enquanto ele falava, a cesta foi puxada de volta.

Quando chegou ao topo, duas mãos o ajudaram a sair da cesta. Eram mãos macias, pesadas de joias.

— Bem-vindo! Bem-vindo a Eólia, forasteiro. Venha beber comigo e com minha família. Devo mandar buscar seus homens ou enviar-lhes comida e bebida lá embaixo? As regras da hospitalidade ordenam que eu lhe dê tudo de que necessita.

— Senhor, sua gentileza já é uma prova disso — disse Odisseu, que se apresentou bem modestamente.

— Odisseu! Mas tenho ouvido tanto sobre você! Cada barco que passa traz alguma novidade de Troia e seus heróis, e o seu nome é sempre mencionado. Mas a guerra acabou. O que está fazendo tão longe de seu reino de três ilhas?

O rei de Eólia estava ávido por notícias: ele as engolia como se fossem alimento e bebida, e Odisseu logo entendeu por quê.

Na sala de jantar, todo o povo de Eólia estava reunido: a mulher do rei, seus seis filhos, seis filhas e um punhado de servos. Como peças num tabuleiro de xadrez, estavam sentados frente a frente, sobre o brilhante chão ladrilhado, enquanto uma música tilintante ressoava acima de suas cabeças, vinda de fileiras de conchas marinhas que chocalhavam ao vento.

Odisseu mandou dizer a seus homens que todos estavam em segurança. Mas, percebendo o número reduzido de cadeiras e a única mesa de jantar, insistiu para que permanecessem nos barcos e comessem e bebessem todas as boas coisas que o rei Éolo tinha lhes enviado. E como jantaram! Por toda a tarde e toda a noite eles comeram, até que os onze barcos negros se acomodaram na água e os marinheiros adormeceram sobre seus remos.

Lá em cima, Odisseu não tinha descanso. Para satisfazer a curiosidade sem fim do rei, ele teve de contar todas as suas bravas façanhas na guerra, todas as aventuras desde que tinha saído de Ítaca. O soberano daquele castelo flutuante, daquele reino à deriva, nunca tinha pisado nas praias do oceano que o circundava e vivia das histórias dos marinheiros.

Odisseu comentou:

— O senhor tem de ir a Ítaca algum dia para me permitir retribuir sua hospitalidade.

Mas, então, o semblante do rei se fechou e, subitamente, a linda cidade de bronze de Eólia ficou parecida com uma prisão.

— Oh, nós nunca saímos da cidade. Aqui temos tudo de que necessitamos. Casei meus filhos com minhas filhas para que nunca precisassem sair de casa, e os viajantes como você nos contam as histórias do mundo. De que mais precisamos? Basta! Venha comigo. Tenho um presente para você.

Pegou Odisseu pelo pulso e o conduziu pelos corredores de bronze até um cômodo de aço, trancado com uma chave de ouro. Lá dentro havia um único saco, amarrado com sete cordas. Um saco como o do deus Hélio, costurado com o couro de seu gado: um saco de pele com sete costuras, nem redondo nem quadrado, mas que se contorcia ligeiramente em seu canto. Tinha alguma coisa dentro dele. Enquanto os servos carregavam o saco para o teto de Eólia, o rei explicou:

— Na semana passada, Zeus, o todo-poderoso, pai de todos os deuses, teve uma briga com Posêidon, o deus do mar. Para castigar Posêidon, Zeus confiscou dele os oito ventos do mundo e os colocou em meu cofre-forte por cinco dias. Os cinco dias se passaram, mas antes de devolver os ventos a Posêidon, eu bem poderia emprestá-los a você, meu caro Odisseu! Vou libertar apenas um, a brisa mansa do oeste, que o levará de volta para Ítaca. Se mantiver todos os demais bem guardados no saco, eles não poderão deter você nem ameaçá-lo com tempestades e mares raivosos.

Já no ponto mais alto de Eólia, o rei afrouxou as cordas um pouco e introduziu o braço, até o cotovelo. Suas vestes se agitaram e ele quase foi levantado do chão. Mas, por fim, conseguiu puxar para fora um trapo branco, uma porção de brisa do oeste. Sete servos puxaram as sete cordas para apertar de novo a boca do saco.

— Vá com minha bênção, Odisseu, e a todo pano. Não é preciso remar: basta manter o leme seguro e esperar para ver as praias de sua terra natal.

Odisseu foi baixado com o saco até seu barco, onde encontrou seus homens pelejando para enfunar as velas e apanhar os ventos favoráveis.

— Sem pressa, homens! Há vento bastante para levar a todos nós de volta para casa. Afastem-se do leme. Eu mesmo quero pilotar esta nossa pequena frota até o cais abaixo do palácio de Pelicata!

— O que tem no saco, capitão?

— Um tesouro! — declarou Odisseu, deliciado. — O melhor presente que meu anfitrião poderia ter dado a um viajante exausto. Ninguém deve tocá-lo, ouviram?

E, tolamente, foi tudo o que disse.

Ficou de pé junto ao leme, com um pé pousado sobre o saco de ventos que se retorcia, e olhava para longe, pensando na mulher e no filho pequeno e em seu reino de três ilhas.

A família real de Eólia acenou do parapeito de sua casa de bronze — uma visão melancólica para tanta riqueza —, que vagava para sempre no coração dos mares. Logo, Eólia nada mais era do que um clarão brilhante demais para os olhos, perdido no horizonte longínquo.

— O que será aquele saco, vocês têm ideia? — sussurrou Euríloco ao homem ao seu lado. O homem deu de ombros.

— Ele disse que era um tesouro e que não deveríamos pôr a mão nele. Não é assim que os reis compartilham os seus ganhos? Não me admira que tenha nos deixado aqui embaixo enquanto subia para aquele lugar, que é uma arca de tesouro feita de bronze. O rei lhe deu ouro, joias ou coisa assim, e ele está guardando tudo só para si. Dez anos lutamos ao lado dele, e é assim que nos retribui. Olhe para ele: não vai tirar o pé daquele saco.

O homem ao lado de Euríloco novamente deu de ombros e apoiou a testa nos braços, disposto a dormir por cima do remo.

Mas por dez dias e dez noites, Euríloco permaneceu intrigado, fazendo perguntas irrespondíveis aos homens à sua volta. Não se atrevia a perguntar diretamente a Odisseu. Havia um modo melhor de descobrir a verdade: bastava esperar, pois Odisseu pegaria no sono. Dia e noite, ele permanecia ao leme com um pé sobre o saco, e não se afastava dele nem mesmo para um cochilo de uma hora. O resto da tripulação, no entanto, estava bem descansada quando as colinas de Zante surgiram à vista e as algas das praias de Cefalônia e da própria Ítaca passaram ao largo. Pessoas na praia, a remendar suas redes de pesca, protegeram os olhos com a mão e viram em alto-mar os barcos que se aproximavam. Foi então que Odisseu, finalmente, se sentiu seguro para repousar.

— Alguém segure este leme. Preciso dormir. Não consigo ficar desperto nem mais um momento.

Euríloco saltou da extremidade do barco, todo sorridente e prestativo.

— Deixe comigo, capitão.

Tomou o leme e observou Odisseu aconchegar-se contra o flanco de couro do saco. E enquanto os outros homens se levantavam, exclamando e reconhecendo os marcos familiares de sua terra natal, Euríloco afrouxou só uma das sete cordas apertadas ao lado da cabeça adormecida de Odisseu.

As pessoas na praia esfregaram os olhos. Pensaram ter avistado uma frota de barcos negros, mas agora só havia um tubo de água rasgado no mar, como um toco de maçã. Acima dele, o céu se enchia de nuvens pesadas, e toda a superfície do oceano estava eriçada de ondas gigantescas. A espuma branqueava todo o horizonte.

Os onze barcos negros, como cacos espalhados, rodopiavam em meio à névoa, puxados de lá para cá.

Odisseu foi parar longe do saco enquanto os ventos lá dentro giravam rumo à liberdade. Euríloco foi lançado de pernas para o ar até a outra extremidade da embarcação, onde ficou agarrado à figura de proa. O galo mascote foi arremessado para o alto, os remos se retorciam, dobrados como as pernas de um inseto moribundo, enquanto a frota era arrastada ao sabor de oito ventos.

O vento quente do Sul queimou a pele dos homens, e o vento frio do Norte congelou suas mãos nas cordas enquanto lutavam para salvar os mastros. As velas esgarçadas envolviam os homens como mortalhas e os carregavam.

Tal como no assédio de Troia, quando o guerreiro Aquiles matou o príncipe Heitor e o puxou pelos calcanhares, amarrado a uma biga, três vezes em torno das muralhas da cidade, assim os ventos arrastaram a frota de Odisseu por três vezes em torno do oceano. Em algum lugar na escuridão profunda, Posêidon, o deus do mar, sentiu seus poderes restaurados. Recolheu seus oito ventos, guardou-os em sua aljava e disse:

— Ouve agora, Polifemo, meu desfigurado filho, e escuta a primeira nota de minha vingança contra Odisseu!

E sua mão, enrugada de veias de água púrpura, se apoderou da frota rodopiante e atirou-a... Onde?... Contra a muralha de bronze de Eólia.

Como martelos num gongo, os barcos bateram "onze horas" contra as imensas muralhas de bronze, e os homens foram arremessados contra os próprios reflexos horrorizados. Suas mãos lavadas de suor deixaram marcas oleosas no metal amarelo. Seus hálitos ofegantes embaçavam o brilho, e seus punhos batiam — clang-clang-clang — sobre as muralhas impenetráveis, fazendo a família real, no alto do palácio, olhar para baixo.

Odisseu gritou:

— Baixem uma cesta e deixem-me contar-lhe a estupidez que nos trouxe aqui de volta! Deem-nos abrigo em seu lar hospitaleiro!

Uma moeda de ouro atingiu sua face voltada para o alto, e outras golpearam os homens em torno dele, fazendo-os gritar.

— Vá embora, Odisseu de Ítaca — foi a resposta. — Vá embora do meu reino imaculado antes que os deuses me tomem por engano como um amigo seu. Está óbvio para mim que você ofendeu os imortais. Você é um mau cheiro nas narinas do céu que precisa ser espirrado. Sou um homem temente aos deuses, minha mulher e meus filhos são gente devota. Não vou ajudar um inimigo dos deuses. Não vou. Vá embora, já. Desapareça!

E moedas e joias pontiagudas choveram sobre a cabeça dos marujos, levando-os a se abrigar sob os bancos. Os onze barcos vagaram, desgovernados, rolando pelas ondas. Na parte mais funda dos barcos, mais de quinhentos homens oravam a Atena, deusa da guerra; a Hélio, deus do sol; a Hera, mãe dos deuses; e ao próprio Zeus todo-poderoso. Não oravam a Posêidon, pois no fundo de seus corações sabiam que ele lhes tinha virado as costas.

Tão logo avistaram as primeiras curvas da baía de Lestrigônia se estender na direção deles como braços aconchegantes, Odisseu acreditou que suas orações tinham sido atendidas.

Dois promontórios arqueados rodeavam uma lagoa natural de água verde tão límpida que era possível ver armadilhas para peixes várias braças abaixo, sobre a areia do fundo. A entrada era tão estreita que os barcos seguiram em fila única, e Odisseu prendeu seu barco com uma só corda, apenas lançada para fora. As embarcações já ancoradas na lagoa eram deslumbrantes. Faziam os barcos gregos parecer canoas de crianças.

Odisseu ficou tão fascinado com eles que caminhou pela língua de terra com os olhos presos nas embarcações, até tropeçar numa árvore.

Era uma árvore marrom, com belos fios dourados recobrindo o tronco e raízes que se estendiam numa só direção e terminavam em...

— Dedos? — disse Odisseu, e olhou para o alto. Uma garota alegre e sorridente se inclinou para baixo e o recolheu na palma da mão. Examinou-o de todos os lados, levantou a túnica dele com um dedo e se divertiu com sua minúscula roupa de baixo. Pegando a ponta de sua trança loura, esfregou Odisseu com ela, sempre radiante de alegria.

— Veja, mamãe! Veja só o que encontrei! Há muitos deles!

Colhendo tantos gregos quanto podia carregar, ela correu ao longo do cais com eles pendurados num braço, como se fossem bonecos de pau. Acenou aos outros para que a seguissem:

— Venham comigo, pequeninos! — chamou. E deu gritinhos, assobiou e fez barulhinhos de beijos, como que para encorajá-los. Eles a seguiram, dominados pelo terror, e porque seu capitão estava bem acomodado na cavidade do cotovelo dela.

Sua mãe ficou igualmente satisfeita ao ver os visitantes. Agachou-se junto à filha e, com uma voz tão estrondosa quanto uma avalanche, disse:

— Seu pai vai gostar de ver quem você trouxe para jantar, minha querida.

Seu marido, o rei Lamo de Lestrigônia, agachou-se junto à pequena esposa, e os marinheiros no alto-mar pensaram que seus cabelos brancos eram neve sobre montanhas. Julgavam que seu palácio era uma cordilheira, pois suas paredes escoradas eram tão altas que as águias faziam ninhos nos beirais e as nuvens balançavam como cortinas nas janelas arqueadas do sótão. Ficou deliciado com os convidados que a filha tinha trazido para jantar.

Afinal, o rei Lamo e todos os lestrigões eram canibais.

Com excelente humor, jogou dois marinheiros na boca e mastigou ruidosamente seus ossos; em seguida, tirou as roupas de couro do vão entre os dentes. Odisseu, enterrando sua adaga no cotovelo da princesa gigante, ouviu-a guinchar e logo se viu lançado ao chão. Uma vez ali, se levantou e correu pulando, ziguezagueando, dando saltos mortais para descer os degraus do palácio até o cais. Vulneráveis e pequenos como formigas, ele e seus homens, como um enxame, dispararam na direção dos barcos, se esquivando e se abaixando para fugir das mãos côncavas dos gigantes.

Em algum lugar, no campanário do palácio, um sino de alarme começou a badalar, e das casas altas como colinas saíram todos os cidadãos de Lestrigônia. Era um povo jovial e sorridente, com rostos corados, graças à sua dieta carnívora. No entanto, mesmo para eles, uma colheita de quinhentos homens era um divertimento incomum — um verdadeiro festival de carne. Pisavam e comiam, agarravam e comiam, e com a mão em concha recolhiam da água limpa aqueles que lhes escapavam em terra firme. Era como apanhar maçãs numa tina. Os lestrigões riam alto com a brincadeira (embora estivessem de boca cheia). Alguns dos homenzinhos engraçados até conseguiram alcançar seus ridículos barquinhos e davam machadadas nas cordas de atracação como se pudessem fugir para o mar. Que absurdo!

Os lestrigões simplesmente pegavam a proa dos barcos entre o polegar e o indicador e os giravam, derrubando homens, remos, ânforas, ovelhas, cordames roídos pela tempestade e os tesouros de Troia na água clara e verde. Era tarefa simples, em seguida, pescar as coisinhas macias com tridentes e arpões. Comiam-nas cruas, só com água salgada do mar como tempero.

O rei Lamo foi o primeiro a perceber a coluna de criaturas velozes que corriam rumo à entrada do ancoradouro. Saiu andando pela água, apontando. Seus súditos foram no encalço de Odisseu e dos cinquenta outros que se precipitavam na direção dos barcos. Um ou dois dos fugitivos foram apanhados com arpões, e cada captura era festejada com vivas de todos os lados da lagoa. Mas muitos deles conseguiram saltar para o mar aberto. Tarde demais, o rei Lamo viu que um barco estava atracado fora da lagoa, que as criaturas tinham saltado para dentro dele e já estavam debruçadas sobre seus pequenos remos ridículos.

Odisseu golpeou a corda com sua espada e o barco saltou pelas ondas com tamanho impulso que ele perdeu o equilíbrio e caiu estatelado no deque. No mesmo instante, o tridente de um lestrigão zuniu sobre sua cabeça e espetou o primeiro remador.

— Que os deuses me perdoem! — disse Odisseu, em tom baixo. — Só resta um barco dos doze! Fomos mesmo amaldiçoados!

4

Circe, a feiticeira

— Não sei se jamais voltaremos para casa — disse Odisseu à tripulação sobrevivente. — Tudo o que sei é isto: o destino de um homem é decidido no dia em que ele nasce, e nenhum de nós descerá ao mundo dos mortos um dia antes do tempo designado. Por isso, parem de chorar. Dois dias é tempo suficiente para gastar com lágrimas. Fizemos o que se esperava de nós. Chamamos os nomes de nossos companheiros mortos três vezes através do mar para que eles não desçam sem nome ao mundo inferior. Agora temos de voltar nossos pensamentos para as mulheres e os filhos que nos esperam em casa. Precisamos descobrir em que ponto estamos do mar azul que rodeia o mundo.

Os homens se agitaram, enxugando os rostos úmidos de lágrimas. Ergueram os olhos para o alto, mas era um céu baixo, vestido de uma névoa branca que nem mesmo o sol penetrava.

— Terra! — gritou o vigia.

— Onde? Como pode saber?

— Posso sentir o cheiro. Posso ouvir as ondas quebrando na praia.

Assim, eles atracaram, sem saber se era continente ou ilha. Quando o céu clareou naquela noite, as constelações não eram familiares — feras estranhas vagando por um céu estranho. Os homens se arrepiaram com a ideia de encontrar mais uma raça de canibais, comedores de lótus ou monstros.

Uma trilha, no final da praia, levava para o interior e, mantendo-se bem juntos, eles a seguiram. Odisseu vislumbrou um cervo entre as árvores e saiu em perseguição, matando-o com uma única flecha e levando-o sobre os ombros para o barco. Depositando-o ali, correu na direção dos homens para alcançá-los. Mas não conseguiu chegar até eles antes que se aproximassem de uma casa de fazenda.

Era um lugar escuro com regatos para irrigação, fontes e buganvílias. Uma calçada entre videiras arqueadas levava a uma porta em arco feita de bronze. Quando os homens se aproximaram, a porta se escancarou em boas-vindas, introduzindo-os na sombra de uma sala de jantar. Uma mesa estava posta ali, e uma mulher de olhos lilases estava de pé, chamando-os por nomes agradáveis. Suas tranças de cabelos castanhos e loiros eram como as amarras de um belo barco branco todo embandeirado.

Odisseu viu o último de seus homens entrar. Se tivesse corrido, poderia ter impedido que a porta de bronze se fechasse: poderia ter entrado com os homens e sentar-se para jantar com eles. Mas, por alguma razão, ele se conteve. Seus pés não queriam fazê-lo correr pelo gramado de flores brancas de *moly*[1] que silenciava seus passos. Em vez disso, deu a volta em torno da casa e perambulou pelo terreiro, olhando os chiqueiros, tentando acalmar a batida acelerada de seu coração.

Em seguida, esgueirou-se de volta até a janela e espiou o que estava acontecendo lá dentro.

A mulher de olhos lilases tinha feito os homens sentarem-se a uma mesa coberta de linho branco. Deu-lhes pão quente e fresco e tigelas de *tzatziki*[2], com creme de leite para beber, frutas descascadas e queijo macio com salsa. Pelo menos parecia ser salsa aquele pó verde. Ela lhes deu vinho, também, e mais vinho, e então...

Odisseu não ousou fechar os olhos, embora o que viu fosse horrível demais para que um único par de olhos testemunhasse.

----

1. *Moly*: planta da família do alho. (N. T.)

2. *Tzatziki*: molho tradicional da culinária grega. (N. T.)

Enquanto eles comiam, a mulher caminhou em torno dos encostos das cadeiras deles. Ela carregava uma vara de salgueiro, trançada como seus cabelos, e à medida que passava por cada homem, ela lhe batia na cabeça com a vara — delicadamente, como se estivesse brincando.

Mas não era brincadeira. Imediatamente, as pernas de cada homem começaram a encolher, até que ele rolasse sobre os próprios quadris, incapaz de se manter equilibrado na cadeira. Ele tentava estender os braços para se erguer, mas seus braços também tinham encolhido. Sem mãos na extremidade. Apenas cascos. E os homens caíam de suas cadeiras ou por cima da comida — com o focinho na comida.

Focinhos, orelhas, patas — e rabos anelados saindo pelas túnicas. Eram porcos, cada um dos homens. Porcos! Os animais presos nas pocilgas do terreiro guincharam como num pesadelo e se atiraram contra as grades.

Odisseu correu de novo em torno da casa, pensando em arrombar as portas de bronze, em cortar em pedaços a mulher de longos cabelos pelo que tinha feito. Mas, outra vez, seus pés se recusaram a levá-lo pelo gramado macio de flores brancas de *moly*. Foi só algum tempo depois que ele bateu à porta e foi recebido pela feiticeira Circe.

As tranças castanhas e loiras se agitaram quando ela viu Odisseu (pois, embora fosse um homem de baixa estatura e atarracado, seus cabelos eram cacheados como a clematite e seus olhos eram muito negros). Apesar disso, ela acenou para que ele entrasse e ocupasse um único lugar preparado na extremidade da longa mesa coberta de linho. Pelo sotaque ao falar, era como se ela tivesse nascido à sombra do palácio de Pelicata. *Mas era tudo magia, simples magia,* disse Odisseu para si mesmo.

— Está atrasado — disse ela. — Seus amigos já jantaram e foram passear nos jardins.

A cadeira que ela lhe indicou era entalhada com flores e pássaros. O vinho que lhe ofereceu tinha um perfume mais doce que o da prímula matutina. A refeição que ela pôs diante dele — *tzatziki* e azeitonas, fruta descascada e queijos, vinho, mel e pão quente fresco — fez ele se lembrar de refeições tomadas com sua rainha, Penélope, à sombra das vinhas de Pelicata. *Mas era tudo magia, simples magia,* disse para si mesmo.

Tomou o vinho. Comeu a comida — até mesmo a pequena erva verde como salsa — e em seguida limpou a barba com um guardanapo de linho.

Ela o golpeou com força com a vara de salgueiro, que riscou uma linha vermelha em seu rosto. E disse:

— Belo ou feio, nenhum homem pérfido tem permissão de manter suas formas na ilha mágica de Circe. Agora, vá para o chiqueiro com os outros.

— Não — disse Odisseu, colocando os pés sobre a mesa.

— Eu disse...

— E eu disse "não". — Ele desembainhou a espada e calmamente alisou o gume. — Saiba, minha senhora, que no momento em que nasci algum deus ou alguma deusa amigável envolveu meu coração com sabedoria. Essa mesma sabedoria me ensinou que a pequena flor branca de *moly* é o antídoto para mais de um veneno ou poção mágica — e ele cuspiu as pétalas que tinha guardado nas bochechas. — Agora, antes que eu a mate, a senhora tem um último feitiço para recitar. Devolva-me meus homens, senão ficará para sempre arrependida de ter nascido um dia.

— Odisseu!

Ele se surpreendeu ao ouvir seu nome na boca de uma completa estranha. Circe caiu de joelhos diante de Odisseu e pousou a cabeça nos joelhos dele.

— Odisseu! Quando nasci, uma profecia foi escrita: a de que um dia eu seria sobrepujada por Odisseu, rei de Ítaca. Não tenho escolha a não ser amar você: é o meu destino! Rogo-lhe que tente achar em seu coração só um pouco de amor em retribuição ao meu! — e ela começou a beijar apaixonadamente os joelhos dele.

— Senhora! Por favor! Acabo de vê-la transformando meus homens em porcos! Amor não é palavra que descreve o que estou sentindo!

Ao ouvir aquilo, ela o pegou pelo pulso e o fez levantar-se, puxando-o pelo terreiro com a vara de salgueiro empunhada à frente. Abriu desajeitadamente o portão do chiqueiro e, à medida que cada porco se precipitava para fora num frenesi de guinchos, ela batia com a vara em suas costas eriçadas.

No momento seguinte, 45 homens trêmulos estavam agachados a chorar no terreiro, com as mãos e os pés imundos de lama, e a lavagem a escorrer de suas barbas. Eles teriam se apoderado de Circe para matá-la ali mesmo, não fosse pelo terror que sua vara de salgueiro inspirava. Circe, enquanto isso, beijava os cabelos cacheados de Odisseu.

Ele se afastou, ruborizado.

— Agora a senhora pode me dizer a latitude de sua ilha e como encontrar a estrela Sírio? Esse quadrante do oceano me é estranho, e preciso traçar o curso para Ítaca.

Circe agarrou com força suas tranças reluzentes e irrompeu em lágrimas:

— Oh, não me abandone, Odisseu! Fique comigo! Venho esperando por você há cem anos, e embora seja meu destino amá-lo e perdê-lo, não deixarei que se vá tão cedo. Não deixarei! Não deixarei!

Odisseu ficou perturbado. Seu único barco estava em frangalhos.

Seus homens estavam exauridos. Lá longe, para além dos canteiros do jardim mágico de Circe, o deus Posêidon ardia de fúria no leito do mar. Mesmo assim, Ítaca estava esperando — um reino sem rei, uma rainha solitária.

— Insisto, senhora. Diga-me como devo pilotar para alcançar Ítaca.

— Não posso — disse Circe. — Os deuses me proibiram de ajudar você.

Odisseu lançou um grito de desespero e se virou para partir na direção do barco.

— Espere! Se ficar comigo por um mês, eu lhe direi como encontrar tudo o que quiser! Eu o mandarei até alguém que conhece o passado, o futuro e a verdade, e que lhe dirá essas três coisas!

— Um mês?

— Um simples mês — insistiu Circe, e suas brancas mãos já estavam desabotoando o cinturão de Odisseu e afrouxando sua túnica.

5

Um vivo entre os mortos

O mês se tornou uma estação. A estação se estendeu a um ano. E somente então é que Odisseu voltou a pensar em seu reino de três ilhas. A vida com Circe era tão doce quanto a fruta do lótus: era capaz de levar um homem a esquecer seu lar e sua família. Então seu melhor amigo, Polites, veio até ele e disse:

— A memória de Posêidon pode ser longa ou pode ser curta, mas a sua, Odisseu, já o abandonou totalmente se você tiver esquecido sua bela rainha. Seus homens têm mulheres e filhos também, e já estivemos longe deles por mais de onze anos!

Assim, Odisseu foi até Circe e abraçou-a como que para se desculpar, dizendo:

— É tempo de partir. Um ano atrás, você prometeu que me enviaria a um lugar onde poderei conhecer o caminho para casa e o segredo das coisas por vir. Quem é esse oráculo? Onde o encontrarei?

Circe mordeu o lábio inferior e cerrou os punhos:

— Muito bem. Eu lhe direi. Estava escrito, desde que nasci, que eu o amaria e o perderia. Mas as orientações que lhe darei não lhe agradarão. Talvez você não ouse segui-las.

— Não se atreva, senhora! Eu sou Odisseu, rei de Ítaca, herói de Troia, cujas façanhas...

— Sim, sim, tudo bem. Sua trilha tem de passar pelas sombras do mundo inferior. Lá, entre os espíritos dos mortos, você encontrará o oráculo Tirésias. Ele pode lhe dizer o que já houve e o que há de haver, e também o que é verdadeiro.

— Não! — gritou Odisseu. Pôs as mãos sobre os ouvidos e apertou bem os olhos. — Não! Não! Não! Retire o que disse, Circe! Veja como estou tremendo! Veja como o suor escorre de meu rosto! Retire o que disse, Circe, ou transformará num covarde um homem que encarou a morte nos olhos cinquenta vezes e nunca vacilou! Descer ao mundo inferior antes de minha hora? Esfregar meu rosto no de fantasmas na escuridão sem fim? Zeus! O coração de um homem se despedaçaria! Não! Nunca! Não!

Circe permanecia calada, e seus olhos se deliciaram com a ideia de que Odisseu agora ficaria com ela para sempre. Ele se atirou no divã branco da feiticeira e uivou como um lobo por mais de uma hora. Em seguida, ficou de pé, respirou fundo três vezes, endireitou os ombros e rumou para a praia, onde seus homens dormiam junto ao barco.

— A bordo, homens! A bordo, já, e eu comandarei o leme! Circe, a feiticeira, me explicou nosso caminho para casa, e é tempo de içar velas!

Enquanto o casco do veloz barco negro de proa vermelha era arrastado pela areia branca e suas pranchas secas inchavam ao toque do mar, Circe desceu correndo até a praia e penetrou nas ondas até a água lhe tocar os joelhos.

— Que os deuses olhem por você, Odisseu! Dirija o barco no rumo do sol poente. Ali o rio Oceano puxará vocês sem necessidade de remar. Firme o leme e faça um sacrifício a Hades, o deus dos mortos.

Sua voz despertou Elpenor.

Rapaz de passo veloz mas de inteligência lenta, Elpenor tinha ido dormir sobre o telhado plano da casa de Circe, e perdera o barco. O sol brilhava quente sobre ele enquanto dormia. Um clarão vermelho ofuscou seus olhos quando os abriu. Tentou alcançar a escada de mão com que tinha subido ao telhado, mas pisou em falso em pleno ar. Com um grito assustado, caiu de ponta-cabeça e, ao atingir o solo, quebrou o pescoço.

— Onde está Elpenor? — perguntou Palmides. — Não está aqui, capitão. Devemos voltar para buscá-lo?

Mas não haveria meia-volta. A quilha do barco de proa vermelha já tinha sido apanhada pelo rio Oceano — uma corrente que fluía sob a trilha alaranjada do sol poente. Embora os remadores tivessem recolhido seus remos, a embarcação ganhava cada vez mais velocidade. A água corria sob o casco com um sussurro sibilante, e a alegria dos homens de estarem voltando para casa se transformou num desconforto nervoso.

— Para onde estamos indo, capitão? — perguntou Euríloco. — Para onde aquela feiticeira nos mandou ir?

— Para o Inferno — respondeu Odisseu. — Para um lugar que nenhum homem vivo jamais contemplou antes. Para o mundo inferior. Para o reino de Hades, o deus dos mortos. Para o mundo dos espíritos. *Para o Inferno.*

A concha do céu noturno se encolheu de repente para o tamanho de uma caverna escura, e todas as estrelas sumiram. A corrente tragou o barco para o fundo da caverna, e os soluços dos homens ecoavam nas paredes invisíveis. Quando estendiam as mãos, plantas ou criaturas macias e viscosas fugiam de seu toque. Bocas chupavam seus dedos. Cada homem se encolheu sob seu banco e lá ficou agachado, chorando e lamentando que sua vida tivesse sido interrompida tão depressa.

De repente, a quilha encalhou, e mãos brancas se dobraram sobre a proa e puxaram o barco até uma praia rasa e invisível. Rostos flutuavam como águas-marinhas pelo ar escuro e frio e roçavam contra os homens quando eles finalmente pisaram no reino dos mortos.

— Elpenor!

Foi o primeiro rosto que viram com alguma nitidez — um farrapo de rosto, com olhos tristes e uma boca em forma de O.

— Como você chegou aqui antes de nós?

Mas quando o amigo Palmides correu para abraçar Elpenor, tudo o que agarrou foi um bafo de ar doentio.

— Elpenor? O que houve com você?

— Meu corpo permanece insepulto na ilha de Circe — gemeu Elpenor (embora sua voz fosse quase inaudível). — Se vocês tivessem voltado... se tivessem se preocupado só um pouco para dar meia-volta, me procurar e me dar um enterro decente! Mas cheguei aqui sem nome e os espíritos não falarão comigo, porque não tive um funeral adequado. Oh, companheiros! Fiquem aqui comigo. Não me deixem, por favor, senão ficarei só e ignorado para sempre!

— Nós voltaremos e daremos ao seu corpo um enterro decente — afirmou Odisseu, enquanto aquele rosto era soprado para bem longe, num corredor de escuridão, por brisas subterrâneas.

Seguiram adiante, e suas sandálias não faziam ruído algum ao pisar o solo de limo esponjoso. A cada instante, um deles lançava um grito assustado ao reconhecer um parente ou um amigo morto há muito tempo. Vários heróis mortos nas guerras de Troia os saudavam das sombras.

O pior estava reservado para Odisseu. Vislumbrou a própria mãe, como um raio de luar, num jardim negro de flores sem cor. Então, ela não estaria esperando para lhe dar as boas-vindas sob as vinhas ensombreadas do palácio de Pelicata? Ele tinha ficado longe tempo demais para tornar a encontrá-la na terra dos vivos. Ela o cumprimentou, pesarosamente:

— Meu filho, você morreu nas guerras ou se afogou em sua viagem para casa? Acaba de chegar? Espero que seus amigos tenham lhe dado um enterro decente.

— Eu não estou morto, mãe — protestou Odisseu. — Estou aqui porque minhas viagens me trouxeram para cá. Ainda não chegou minha hora de morrer e residir aqui com a senhora.

— Que viagens, meu filho? Está querendo dizer que ainda não voltou para casa, para o palácio de Pelicata? Os guerreiros mortos dizem que a guerra terminou faz tempo. Por que essa demora? Como fará a pobre Penélope para se esquivar dos pretendentes?

— Pretendentes? *Que pretendentes?* — indagou Odisseu.

— Uma viúva bela e rica atrairá muitos homens para cortejá-la, filho querido. Pouco antes de eu morrer, um ano atrás, as praias de Ítaca já estavam brilhando com barcos coloridos. Ela certamente já está dando você por morto.

— Mas ela não é viúva! Eu não morri! Estou vivo! Isso é terrível! Onde está Tirésias? Onde está o oráculo? Tenho de voltar para casa agora mesmo!

— Veio até aqui para me ver, no entanto até agora se atrasou mantendo conversas frívolas com seus amigos e parentes — e a escuridão pesada recuou diante de um único raio de luz: um cajado de ouro preso ao pulso de um fantasma idoso.

Para Tirésias, o oráculo, o Hades era um lugar ainda mais luminoso do que a terra, pois sempre tinha sido cego. Agora, seus olhos cinzentos e embaçados fitavam Odisseu penetrantemente e respondiam a suas perguntas antes que ele as fizesse.

— Sim, eu posso lhe falar do passado e do que há de vir, e também da verdade. Sim, é verdade que há príncipes importunando sua mulher para se casar com eles, mas ela é paciente e continua a acreditar que você regressará um dia. Sim, posso lhe mostrar a rota que deve seguir para alcançar Ítaca. Você precisa passar pelas sereias cantoras, ao lado dos Rochedos Errantes. Precisa passar sob o covil da horrível Cila e vencer Caríbdis, o redemoinho sem fundo. Ah! Posso ouvir seu coração martelar na caixa de ossos de seu peito. Mas, se for sábio o bastante, você superará todos esses perigos e chegará à Ilha do Sol.

A vara de luz dourada tremeluziu como a chama de uma tocha, e Odisseu perdeu de vista o rosto cinzento do oráculo.

— E depois? Conseguirei chegar em casa a salvo saindo de lá? Que caminho devo seguir a partir da Ilha do Sol? Diga-me: mais algum dos meus homens morrerá? Posêidon ainda está furioso comigo?

— Furioso? Ele odeia você com um ódio tão fundo quanto o próprio oceano. Cila cobrará seu preço em homens, mas a morte deles está marcada para aquele momento. Não se esforce para salvá-los. Reme depressa ao passar. Se ninguém matar ou comer o gado do deus do Sol que pasta na Ilha do Sol, tudo ficará bem. Tudo ainda ficará bem...

A voz desapareceu num suspiro; a luz, num lampejo, e o rosto cinzento, num sopro de fumaça.

Odisseu saltou adiante para impedir que o oráculo se fosse, mas escorregou no lodo e caiu; um círculo de faces pálidas e desconsoladas se aproximou dele, e dedos invisíveis tatearam-lhe o rosto. Os espíritos do Hades tinham esquecido a sensação da pele e dos cabelos.

Como um nadador naquele cardume de águas-vivas, Odisseu rasgou seu caminho de volta à praia onde tinha deixado seu barco negro e veloz. Não fosse o cacarejo de seu galo mascote, ele e seus homens talvez nunca tivessem encontrado o casco sólido em meio à viscosidade do mundo inferior.

Não havia tempo para se despedir dos mortos conhecidos nem para perguntar sobre a vida depois da morte. Somente um longo e doloroso impulso nos remos, contra a correnteza do rio Oceano. Por fim, a quilha foi apanhada por uma corrente favorável e emergiu na trilha do sol nascente. Foram levados, sem ajuda dos remos, para fora do mar iluminado pelo sol, e viram a ilha de Circe, uma mancha no horizonte.

Magia, simples magia, pensou Odisseu consigo, sentindo os perfumes dos jardins mágicos de Circe, soprados para além da praia pelos suspiros da feiticeira.

6

Belas e feras

Circe ficou radiante de alegria ao revê-los. Ajudou-os a encontrar o corpo de Elpenor e a sepultá-lo. Seus companheiros plantaram o remo do marujo morto em seu túmulo e chamaram seu nome três vezes por sobre o oceano. A alma de Elpenor pôde achar o repouso eterno.

Depois disso, Odisseu repetiu as orientações que tinha recebido no Hades, omitindo cuidadosamente alguns detalhes para que seus homens não se recusassem a prosseguir. Circe, após ouvi-lo, mordeu o lábio e balançou a cabeça, com tristeza.

— Se é preciso que você vá, então vá. Mas já que sua rota tem de passar pelas medonhas sereias cantoras, levem cera de abelha de minhas colmeias e tapem seus ouvidos antes mesmo de chegar perto do som. Uma vez que alguém ouve o canto das sereias, sua sensatez desaparece e nada pode salvar sua alma do naufrágio. Acredite, Odisseu, nem mesmo sua sagacidade poderia salvar você.

Odisseu pegou a cera. Também prometeu a si mesmo, no fundo de seu coração, ouvir o canto das sereias. Assim, quando tinham alcançado o alto-mar e rasgado um sulco branco nas margens do próprio horizonte, ele obstruiu os ouvidos de cada homem com cera de abelha e ficou de pé junto ao mastro.

— Polites! Amarre-me ao mastro com cordas. E se eu lhe pedir que me solte, amarre-me ainda mais apertado.

— Perdão? — disse Polites.

Odisseu, então, retirou a cera dos ouvidos de Polites e repetiu suas instruções. Polites atou-o ao mastro com um rolo de cânhamo forte, tapou de novo as próprias orelhas e se debruçou sobre seu remo mais uma vez.

Por sobre a água chegou um gorjeio como que de pássaros — um som intrigante, mas não muito bonito. Odisseu apurou os ouvidos para escutar melhor. Não era preciso: o barco passou junto dos rochedos áridos e cobertos de cracas onde as sereias estavam cantando. Quanto mais se aproximava, mais nítida ficava a canção. Era uma canção escrita numa clave impossível e entoada em notas que nunca galgaram as linhas de uma pauta musical:

Vê, Odisseu, a coroa de flores
que para celebrar-te preparamos!
Vinhos e frutos de doces sabores
aguardam por ti: vem já e comamos!

Era verdade. Ele podia ver. Três mulheres, cintilando dos pés à cabeça com bálsamo sedoso, acenavam-lhe para que atracasse. Seus cabelos desatados desciam até as águas, onde se espalhavam numa franja de ouro em torno da ilhota toda florida.

— Depressa, Polites! Circe estava mentindo. Era tudo ciúme. Basta olhar para esses rostos meigos. Como poderiam causar algum mal a qualquer homem? Atracar, Polites! As ordens mudaram. Atracar!

Mas Polites não ergueu os olhos do deque, e embora lançasse um rápido olhar sobre a amurada, seu rosto não mostrou nada mais que repugnância.

— Polites! Proíbo você de continuar remando! Destape os ouvidos, seu insensato!

O barco agora estava bem diante do rochedo.

Nas meigas espirais do teu cabelo
queremos prender nosso coração!
Aceita nosso amor, vem recebê-lo:
Corre, pula, nada... nada é em vão!

— Polites, seu estúpido, venha me soltar! — Odisseu se retorceu até conseguir libertar uma das mãos e desatar o nó que o prendia.

No mesmo instante, Polites e Palmides saltaram de seus remos e o amarraram de novo, dos tornozelos ao pescoço, com um segundo rolo de cordas. Odisseu mal conseguia respirar, mas usou todo o fôlego que tinha para amaldiçoá-los, para oferecer-lhes suborno, para ameaçá-los com o pior dos castigos se não cumprissem suas ordens.

O barco de proa vermelha deslizava, afastando-se da ilhota. O perfume das flores fez girar a cabeça de Odisseu. Os tripulantes também levaram as mãos ao nariz, como se aquele cheiro lhes causasse náusea. A doce canção das sereias foi se tornando indistinta e soluçante.

— Ah, deixem-me ir, por doce misericórdia! — rugia Odisseu, fazendo força contra as cordas. — Aquelas pobres mulheres ficarão inconsoláveis se eu abandoná-las!

Quando o mar ficou silencioso, ele esmoreceu, exausto, entre as cordas.

Um a um, os remadores destaparam os ouvidos e se entreolharam, com rostos contritos.

— Que fedor!

— Criaturas pavorosas!

— Todos aqueles ossos!

— Todos aqueles bons homens destroçados!

— Que os deuses abençoem Circe por ter nos salvado!

Murmurando milhares de desculpas, Polites desamarrou o capitão, que estava aturdido e lavado de lágrimas.

— Do que está falando, amigo? Que fedor? Que criaturas? Que ossos?

— Perdoe-me, meu senhor Odisseu, mas acredito que o senhor não viu aqueles três abutres estridentes e esqueléticos, bicando os ossos de milhares de marinheiros mortos e moribundos. Ah, pobres homens... Todos estendidos no chão como sacrifícios num altar. Que modo horrível de morrer!

Odisseu balançou a cabeça, mas nada disse. Um borrifo de espuma lavou-lhe o rosto, e um ruído, como de um trovão distante, fez arrepiar a superfície das águas.

Só que não era trovão algum. Eram os Rochedos Errantes.

A bombordo, duas arestas rochosas, com uma navalha afiada no pico, colidiram suas faces de granito como címbalos batendo. As faces dos penhascos se escavavam e se corroíam uma à outra, cuspindo jatos de fogo, pedregulhos e lascas que desabavam no mar.

A visão e o estrondo eram tão alarmantes que os remadores largaram os remos e saltaram de seus bancos para invocar os deuses no fundo da embarcação.

Tudo o que Odisseu pôde fazer para encorajá-los foi recordar-lhes:

— Vocês são soldados e heróis da guerra de Troia! Recomponham-se! Além disso, se não remarem — disse ele, com calma, embainhando sua espada e vestindo seu elmo de bronze —, nós seremos arrastados para baixo desses rochedos. Mostrem alguma fibra, ou terei vergonha de chamá-los de homens de Ítaca!

Acabrunhados, eles se arrastaram até seus bancos e retomaram os remos. A água borbulhava e fervia com o calor da lava que escorria da colisão dos rochedos. Mas, embora ela tenha golpeado e calcinado os flancos do barco, eles não foram tragados por nenhum dos desmoronamentos de pedra enquanto singravam às pressas, com os músculos palpitando e os olhos fixos na pluma do elmo reluzente de Odisseu.

Ele estava orgulhoso deles — orgulhoso a ponto de seu coração disparar dentro do peito. Ainda assim, cuidou de não mencionar o que os esperava para além dos Rochedos Errantes.

O vasto oceano estava se apertando e apertando num estreito rodeado por penhascos. A estibordo se erguia um paredão reto, liso como alabastro, alto como um dos pilares que sustentavam o céu. Em seu topo, tão alto quanto a mais alta janela do palácio do rei Lamo, uma única caverna escura vigiava o estreito. Nenhuma trilha levava até ela, nenhum ciclope poderia ir e vir com seu rebanho de ovelhas, tão reta e lisa era a face do penhasco.

De todos os homens a bordo, Odisseu foi o único que manteve os olhos fixos na caverna. As palavras de Tirésias estavam marcadas em sua memória: "Não se esforce para salvá-los. Reme depressa ao passar". Todos os outros estavam olhando para o outro lado, onde, tão largo quanto uma baía e girando tão rápido quanto uma roda de biga, um círculo de água rodopiava num tumulto de névoa e espuma. Em sua orla, a água se levantava e, no centro, submergia num funil espiralado e transparente.

Apanhados no turbilhão estavam os destroços dos barcos destruídos que tinham sido sugados pelo redemoinho, arremessados até o fundo e esmagados como casca de ovo contra o leito rochoso do mar. O barulho era como um grito prolongado, escancarado, como se todas as dores do oceano fossem sentidas num único lugar.

Duas vezes por dia,
o redemoinho girava para
a esquerda; duas vezes por dia, girava
para a direita. Entre uma vez e outra,
o oceano brilhante se nivelava e o redemoinho
Caríbdis não era mais do que um amontoado de
escombros a girar na superfície. Mas, a cada subida ou descida da maré, o monstruoso Caríbdis se contorcia, se enroscava e se emaranhava, num novelo de destruição rodopiante, sugando qualquer coisa que flutuasse na superfície do mar num raio de sete milhas.

Enquanto observavam, o redemoinho se acalmou, se acalmou e ficou raso. Os homens, sorrindo, gritaram seus agradecimentos aos céus, pois seguramente haveria tempo para remar em segurança antes que Caríbdis tomasse fôlego.

De repente, Odisseu gritou:

— Dobrem-se sobre os remos, homens! Quero ouvir suas pancadas firmes! Inclinem a cabeça sobre o joelho e remem com toda a força! E rezem, homens! Remem como se fosse seu último dia na terra! Que cada homem grite seu nome alto o bastante para ser ouvido no Inferno!

Obedecendo no mesmo instante, os homens começaram a gritar:

— Palmides!

— Polibo!

— Euríloco!

— Polites!

— Icmali... Oh! Salve-nos, Odisseu!

Mal tinham pronunciado seus nomes, e Icmali, Euríbate e outros quatro foram arrancados de seus bancos pelas bocas enormes de seis serpentes.

Não, não eram seis serpentes, mas uma serpente com seis cabeças — um monstro com corpo escamoso de lagarto, cujos quadris se contorciam em sua toca alta e cavernosa, enquanto as garras de suas patas se penduravam na face do penhasco e suas seis cabeças pairavam sobre a embarcação que deslizava a toda pressa. Cila, o monstro, raramente comia, mas comia bem, graças aos barcos que passavam roçando o penhasco de sua caverna, na tentativa de escapar do redemoinho. Às vezes, quando dois ou mais barcos formavam uma fila única, os que vinham atrás tentavam dar meia-volta, remando com todas as forças, puxando o leme para o lado. Mas o repuxo de Caríbdis os impelia para a frente, empurrando-os para a caverna de Cila, para que ela pudesse aparecer uma segunda vez e se empanturrar de homens ou estocar alimento em sua toca forrada de ossos.

Odisseu sabia que somente enfrentando o desafio de passar pela toca de Cila é que os sobreviventes poderiam retornar ao lar e à família, e foi por isso que não alertou os remadores sobre o que estava por vir. Mas agora ele via o ódio nos olhos deles por tê-los levado para tão perto do covil do monstro. Cila recolheu-se em sua toca, levando consigo os gritos terríveis dos seis companheiros. Os remadores não tinham fôlego para maldizer o capitão: estavam correndo contra o tempo.

Enquanto o lagarto de seis cabeças guardava sua comida, a embarcação de proa vermelha saltava para a frente — numa lentidão dolorosa demais, ao que parecia, para rasgar sua própria trilha e se afastar do penhasco. Por causa do pânico, o ritmo das remadas tinha se perdido e os remadores davam pancadas desencontradas no vento. Cila reapareceu: cada boca vazia, cada um de seus doze olhos fixo no pequeno barco. Caríbdis também começou a girar, a rugir e a tragar.

Com punho cerrado, Odisseu batia na proa um ritmo para os remadores:

— Um, dois! Um, dois! Um, dois!

O suor escorria. Os gemidos ecoavam. As patas dianteiras de Cila arranharam o penhasco. Seus dentes estalaram quando ela deu o bote, e o homem no leme sentiu na nuca o bafo quente de duas das doze narinas do monstro. Mas conseguiram ultrapassá-la — e ultrapassar Caríbdis também, embora o apavorante redemoinho de água estivesse alargando cada vez mais sua espiral a cada batida do punho de Odisseu na proa.

7

Na Ilha do Sol

Exaustos, eles desabaram sobre seus remos. Odisseu içou uma vela, e uma brisa favorável os carregou até o centro do grande oceano e para longe de suas margens perigosas e enfeitiçadas. A lua crescente feriu o mar como uma lança de prata, e as velhas constelações familiares se apresentaram uma a uma, como lanternas a sinalizar o caminho de casa.

— Não estamos longe agora, homens. Se esse vento prosseguir, veremos nosso lar em uma semana. Mais adiante, onde o sol se pôs, fica a Ilha do Sol, mas não desembarcaremos lá.

E, tolamente, foi tudo o que ele disse.

Nesse exato momento, o vento sacudiu a vela raivosamente contra o mastro, e o mar se eriçou em milhares de garras afiadas. Grandes gotas de chuva morna atingiram seus ombros cansados, como se os deuses estivessem cuspindo sobre eles, com desprezo. Euríloco fez o barco balançar quando se pôs de pé e disse:

— Pois eu digo que nós vamos, sim, desembarcar na Ilha do Sol. E digo que acenderemos para nós uma fogueira e encontraremos algum abrigo e, sobretudo, digo que dormiremos um bom sono. Não sei quanto a vocês, companheiros, mas meus braços quase se desprenderam de meus ombros, e meu coração quase escapou de meu peito, aterrorizado. E, francamente, estou pouco me importando com as ordens de um capitão que serviu seis de meus amigos como alimento para Cila e nunca sequer os avisou sobre a morte que os esperava!

Odisseu puxou sua espada prateada e deu três passos adiante na direção de Euríloco. Mas seus outros homens agarraram-no pelas pernas.

— Ele está certo, capitão! Estamos cansados! Zeus sabe quanto estamos cansados! Por que não deveríamos atracar na Ilha do Sol? Dê-nos pelo menos um motivo!

— Morte e destruição! São motivos suficientes para vocês?

— O quê? Monstros? Canibais? Comedores de lótus? Lobos, ursos, troianos?

— Vacas! — exclamou Odisseu, impaciente, e logo toda a tripulação explodiu em gargalhadas.

— Vacas?

— Vacas!

— Muuu! Muuu! Vacas ferozes!

Odisseu bufou, exasperado, deu as costas a todos eles e foi para a proa. O piloto brandiu o leme, e o barco de proa vermelha se inclinou para dar uma volta e partir na direção da Ilha do Sol.

Desembarcaram sob o clarão dos relâmpagos, baixaram a vela ensopada e a estenderam como um encerado no chão da embarcação, e foram se abrigar da chuva torrencial. A ilha, porém, não tinha nenhum abrigo — nenhuma fazenda ou ruína, nenhuma cabana de pescador, gruta ou vila mágica. Era uma extensão lamacenta de capim selvagem e de moitas. O gado do Sol mascava incessantemente a grama tosca, e seus longos chifres se chocavam com um ruído abafado e monótono. A chuva escorria por seus flancos avermelhados, e suas narinas aveludadas faziam bolhas nas poças de água.

Odisseu explicou então que Tirésias tinha proibido abater aquele gado, e os homens concordaram, impacientes. Por que precisariam abater aquelas vacas macias e úmidas? Circe lhes dera pão, uvas, queijo e romãs suficientes para a viagem. Eles mastigaram e baldearam, e baldearam e mastigaram; e a chuva não parava de ensopá-los o tempo todo, e o vento lhes dava calafrios. Era um vento novo, além de tudo.

Era o vento de Posêidon. Ele soprava pela Ilha do Sol como uma navalha numa barba eriçada — não na direção de Ítaca, mas no rumo de Cila, de Caríbdis e dos Rochedos Errantes. Os homens estavam cada vez mais irritados.

— Você queria que continuássemos navegando. Já seríamos comida de peixe a esta hora se tivéssemos obedecido.

Odisseu nada disse. Torceu a barba para que a água escorresse e fitou o mar.

Uma semana se passou: a comida estava quase no fim. A chuva ainda caía e o vento ainda soprava. Mais uma semana, e Odisseu torceu o pescoço de seu mascote, e todos dividiram um ensopado. A chuva ainda caía e o vento ainda soprava. Mais uma semana, e as costelas dos homens despontavam sob a pele, como as estacas de tendas arqueadas. A chuva ainda caía e o vento soprava ainda mais forte. Seus corações vacilavam e a coragem se abatia, e Odisseu soube que o desastre era iminente.

— Qual é o problema de abatermos as malditas vacas para comer? — disse Euríloco, por fim. — Se não fizermos isso, morreremos.

— Não diga isso! Nem pense nisso! — gritou Odisseu. — Eu rogarei a Palas Atena, rogarei à deusa da guerra que nos protegeu por dez anos nas batalhas e nas adversidades em torno das muralhas de Troia. Ela nos teria dado a vitória só para nos deixar morrer de fome agora? Não! Rogarei a Atena. Tenham só mais um pouco de paciência, só mais um dia! Vejam, a chuva está parando bem agora!

E ele os deixou. Dobrando-se contra o vento, caminhou até o outro lado da ilha para orar.

Desde que tinha abatido seu mascote, Odisseu permanecera desperto, temeroso de que seus homens desobedecessem suas ordens enquanto ele dormisse. O episódio do saco de ventos lhe ensinara a não cochilar. Mas era difícil orar, pois cada vez que fechava os olhos, a escuridão o acolhia como um travesseiro macio...

Tão logo acordou, pôde sentir o cheiro delicioso de carne assada. Correu a toda velocidade, rasgando uma trilha contra o vento que era como uma cortina pesada suspensa em seu caminho. Tarde demais. Uma carcaça já meio devorada girava lentamente num espeto sobre uma fogueira crepitante. Nenhum só membro da tripulação tinha hesitado em encher a boca com nacos da deliciosa carne tostada.

Odisseu arrancou a carne das mãos dos homens e atirou-a às ondas. Mas eles apenas o fitavam e se serviam de novo pedaço. Rugindo e puxando os cabelos, ele caiu de joelhos e bateu a testa contra a proa vermelha. Seu amigo Polites lhe trouxe uma costela assada e se ajoelhou ao seu lado.

— Sem dúvida, é melhor enfrentar a morte de estômago cheio, meu senhor. Não pense mal de nós.

— Eu amo vocês todos com ternura — disse Odisseu, repelindo a carne oferecida. — É por isso que quis que todos sobrevivessem e vissem Ítaca de novo, e suas mulheres e seus filhos. E agora... Agora, até mesmo as vacas estão lamentando nosso destino!

Um gemido rouco — profundo e dolorido — rodopiou pelo vento em torno deles. Parecia vir da nuvem de fumaça que ocultava a carcaça espetada a assar. Um a um, os homens deixaram cair a carne de suas mãos. Pois o mugido queixoso não vinha de nenhuma das vacas vivas (que estavam de pé, num círculo silencioso, em torno deles), mas da carcaça no espeto sobre o fogo.

Em menos de um segundo, alcançaram o barco. Empurraram-no para a água, deixando para trás o fogo aceso, o delicioso aroma da carne, algumas espadas e sandálias, camisas e rolos de corda. Dobraram-se sobre os remos como homens perseguidos por monstros, e gemiam, cerrando os dentes no esforço de remar. As pás feriam o mar com uma linha quebrada de espuma branca.

Mas o rastro que deixavam na vastidão do oceano não era maior do que o rastro de um caracol sobre o telhado de uma grande cidade. E abaixo deles, nos porões daquela cidade, o deus Posêidon observava seu avanço ínfimo e sorria.

— Você é meu agora, Odisseu. Você cegou meu filho Polifemo, e eu fincarei seu barco de proa vermelha no olho de Caríbdis como um pequeno graveto ardente!

Posêidon ergueu a cabeça acima das ondas: guardou os ventos em sua boca e apertou a superfície do mar entre as duas mãos. Soltou seus cavalos de crina branca, vindos do norte gelado, e cercou os remadores com trombas-d'água tão altas que pareciam tocar o céu. Pôs-se de pé sobre os picos que emergem das montanhas submersas e ali ficou, de cabeça e peito fora do mar, para sacudir sua cabeleira verde.

Na escuridão eles poderiam ter escapado. Mas, ao cair da tarde, o deus-Sol, passando sobre sua ilha vermelha no ocidente, baixou os olhos e viu a vaca abatida — e também jurou vingança.

— Vocês mataram um dos meus animais queridos, minhas vacas de dorso vermelho, deleite do meu coração! Eu os espetarei e os tostarei até berrarem! — E despejou os raios incandescentes do crepúsculo sobre o oceano, fixando a posição do pequeno barco na luz vermelha, sem deixar o sol se pôr, para que os homens não tivessem chance de escapar sob o abrigo da escuridão.

Cercado de ondas monstruosas, o pequeno barco não era mais que uma palha soprada em meio às águas. Uma dúzia de vezes, ele ficou de popa empinada e pareceu prestes a mergulhar, em linha reta, até o fundo do mar. Os homens sacolejaram em seus bancos como azeitonas sacudidas de um galho de árvore. Afundavam no mar e nunca voltavam à tona. O mastro despencou e carregou consigo todas as cordas, estais, panos de vela e homens que se prendiam a ele. Uma onda bateu no fundo do casco e lançou Euríloco de corpo inteiro para fora da embarcação: ele amaldiçoou Odisseu e afundou.

Polites foi sugado pela enorme cratera rodopiante: suas mãos estavam úmidas demais para que Odisseu pudesse agarrá-las.

Logo, um ruído mais alto que o uivo do vento e o riso de Posêidon se ergueu sobre o caos: o embate dos rochedos e o rugido de Caríbdis. À sombra do rochedo que o encimava, o grande redemoinho de água estava apenas começando sua espiral descendente.

O buraco em seu centro se tornava mais e mais fundo a cada minuto, sugando todo o material flutuante no mar revolto. Engolindo os barris e tonéis, engolindo os mastros e cordas. Pela orla transparente passaram nadadores, remos e vergas. Acima da garganta escancarada, a velocidade vertiginosa fez rodopiar o barco destroçado. Ele parecia preso em pleno ar: uma única figura podia ser vista escarranchada sobre a proa vermelha. Logo, a popa desabou, e o barco desapareceu na profundeza.

A figura na proa saltou para a nuvem de espuma que se erguia incessantemente sobre o monstruoso Caríbdis. Pulou na espuma de braços erguidos e agarrou o arbusto espinhoso que crescia sobre a face do penhasco. O arbusto arqueou. Suas raízes murchas se contorceram no solo raso em que se prendiam. Parecia inevitável que o peso do homem faria o arbusto ceder e desabar com ele dentro de Caríbdis.

Mas Odisseu não tinha comido por oito dias — nem mesmo um bocado de carne. Ele não era alto, e seu corpo atarracado se reduzia agora a pele, ossos e músculos trêmulos. Envolveu o arbusto com as pernas magras e agarrou-o com os braços, permanecendo tão imóvel quanto um louva-a-deus que fica parado sobre um talo de grama a esperar e a rezar, a rezar e a esperar.

Ali, sob a nuvem de espuma rodopiante, enquanto Posêidon rolava o dorso no fosso do oceano e gargalhava, a deusa Atena atendeu às orações fervorosas de Odisseu. Estendeu uma invisível mão e assentou com firmeza a terra em volta das raízes do arbusto. Ocultou Odisseu sob um manto de água pulverizada e, quando a maré voltou e a espiral de Caríbdis começou a se desfazer, ela recolheu do mar revolto a quilha vermelha do veloz barco negro.

A água rodopiante perdeu velocidade. O redemoinho se desfez na superfície. Odisseu olhou para baixo e viu a quilha flutuar, livre da correnteza. Rendeu graças à deusa Atena. Desprendeu do arbusto as pernas e os braços doloridos e deixou-se cair na quilha pintada de vermelho. Remando freneticamente através da água aquecida pela lava, ele saiu do terrível estreito — do meio dos dois penhascos apavorantes — e flutuou de volta à Ilha do Sol.

Mas, certamente, nenhum esforço de remar, nenhum chute na água com pés exaustos poderia tê-lo salvado das manobras de Caríbdis, que começava a escoicear novamente — a não ser que alguma mão invisível o tivesse impelido adiante, água afora.

8
Três mulheres atentas

Uma névoa amistosa escondia a face do oceano. Nem o vingativo deus do sol, acima, nem o impiedoso deus do mar, abaixo, perceberam Odisseu vagando rumo às praias de Ogígia. Lá, ao despertar, descobriu que estava sobre um leito de mantas de lã, com a canção de uma ninfa em seus ouvidos.

Calipso, a ninfa do mar, tinha tudo o que o coração de uma ninfa poderia desejar: colmeias repletas de mel, videiras inclinadas sob o peso das uvas, bosques de oliveiras e romãzeiras, alfarrobeiras e figueiras, e fontes de água doce. Sua caverna não era nenhum antro escuro e úmido, infestado de caranguejos, mas uma gruta ensolarada no alto de uma colina cheia de flores. O chão era forrado com sete camadas de tapetes: cada vez que as cores desbotavam, Calipso tinha outros para estender sobre os antigos. Das paredes também pendiam tapeçarias. Tecer tudo isso era seu único trabalho diário. Na verdade, não faltava nada a Calipso. Isto é, nada a não ser um marido.

Quando se levantou e olhou à sua volta, Odisseu comentou a beleza da gruta.

— Sempre tentei mantê-la agradável enquanto esperava.

— Sem os seus cuidados, eu estaria morto, jogado na praia — disse ele. — Sou-lhe profundamente grato.

— Como poderia deixá-lo morrer depois de esperar todos esses anos? — disse ela, rindo.

— Esperar o quê? — ele começou a se preocupar.

— Esperar você, é claro, Odisseu, meu amor. Você é o marido que tenho esperado por toda a vida. Eu sabia que estava para vir. Agora, ficará comigo para sempre.

— Mas, senhora! Eu sou casado! Minha mulher e meu filho estão à minha espera em meu reino de Ítaca! Tenho de zarpar ainda hoje!

Calipso apertou seus olhos verde-mar.

— Mas você não tem barco, marido.

— Então a senhora tem de me dar um barco, me emprestar um, me ajudar a construir um!

— Mas eu não tenho barco algum, marido, e sou a única pessoa a viver nesta ilha. As árvores daqui são minhas amigas e minhas súditas. Elas nunca permitiriam que alguém as transformasse em uma embarcação para levar você para longe de mim.

— Mas, minha mulher...

— Sim, querido?

— Minha mulher Penélope, quero dizer...

—... já está velha e enrugada. Eu nunca envelhecerei. Sou imortal.

Foi então que Odisseu soube como se sente o passarinho que pousa num galho para descansar e descobre que seus pés estão presos no visco. Deixou-se cair no leito felpudo e voltou o rosto para a parede. Calipso sorriu, paciente.

— Em breve você me amará — disse ela, com alegria, e voltou ao seu tear, que ficava na entrada da gruta.

Longe, muito longe mar afora, nas paredes brancas do palácio de Pelicata, outra mulher estava tecendo. Penélope, rainha de Ítaca, ergueu os olhos do tear e fitou o mar lá fora, riscado de ondas. Todo dia ela se sentava ao tear sob a janela do palácio. Todo dia esperava ver Odisseu singrando no horizonte.

Mas as únicas embarcações que chegavam eram os barcos dos sempre alegres pretendentes. Príncipes falidos e generais sem posses atracavam todos os dias a cada maré para pedir a mão da rainha. As leis da hospitalidade exigiam que ela lhes oferecesse alimento e bebida e um leito para repousar. Mas os pretendentes nunca partiam. Já estavam dormindo quatro em cada leito. Todos os dias, comiam e bebiam os produtos da ilha, banqueteando-se e apossando-se das roupas do próprio Odisseu, das armas de Odisseu, das cadeiras de Odisseu. Cobiçando a própria mulher de Odisseu!

— Ele já morreu há muito tempo, senhora. Seu barco afundou numa tempestade.

— Foi morto por piratas, com certeza.

— Ou devorado por canibais!

— Não pense mais nele, cara senhora. Case-se novamente e dê um novo rei a este reino de três ilhas.

Eles falavam de amor, mas nenhum deles amava Penélope: seus desejos se concentravam na coroa dourada de Ítaca e nas riquezas da ilha.

— Meu marido regressará em breve — ela lhes dizia no início. — Sinto em meu coração que ele ainda está vivo. Ficará enfurecido se encontrá-los aqui, importunando-me. Vão embora já, é o meu conselho.

Mas, com o passar dos meses, ela percebeu que eles não partiriam só por causa desse conselho.

— Vão embora — dizia-lhes. — Não quero me casar com nenhum de vocês. Terei um único marido na vida, e esse marido é Odisseu. Nosso filho Telêmaco governará o reino das três ilhas depois do pai.

Mas, com o passar dos meses, ela percebeu que os pretendentes conspiravam e tramavam matar Telêmaco para que Odisseu, morto ou vivo, não tivesse herdeiro.

— Vão embora — dizia-lhes. — Não há um só de vocês que eu escolheria como marido, ainda que Odisseu estivesse morto.

— Então faremos um sorteio — disseram os pretendentes. — O vencedor se tornará seu marido, já que a senhora não tem preferências.

Penélope então perguntou a si mesma: "O que faria Odisseu se estivesse em meu lugar? Nunca permitiria que esses provocadores fossem tão arrogantes". Assim, ela instalou um tear sob a janela do palácio de Pelicata, armou uma complicada trama e enrolou uma pesada lançadeira.

— Ouçam bem, homens deselegantes. Já me convenci de que meu marido Odisseu está morto. Eu me casarei com um de vocês, um homem que eu mesma escolherei. Mas não já. Deixem-me tecer um véu de casamento e sobre ele derramar as lágrimas do meu luto pelo meu queridíssimo Odisseu. Quando estiver pronto, farei minha escolha. Não antes.

Aquela noite, os pretendentes festejaram mais freneticamente do que nunca.

— Ela me escolherá!

— Nunca! Ela sempre gostou de mim!

— Bah! Não viram como ela olha para mim?

— Por que brigar? Basta esperar que o véu fique pronto e logo saberemos — disseram, abrindo mais um barril do vinho de Odisseu.

Naquela noite, quando todos tinham bebido a ponto de cair num estupor, Penélope deixou seu leito e se esgueirou até o tear sob a moldura da janela iluminada pela lua.

— Ó lua, que brilha sobre mim e, em algum lugar, sobre meu querido Odisseu! Dê-me luz bastante para fazer minha tarefa!

E ela começou a desmanchar toda a trama que tinha urdido ao longo do dia, deixando apenas uma ou duas fileiras. "Eis um véu de casamento que nunca será usado num casamento", disse para si mesma. "Muito antes de ficar pronto, Odisseu despontará no horizonte e mandará esses arrogantes para o inferno, como ovelhas para o matadouro."

Mas embora a lua generosa iluminasse seu trabalho e estendesse uma estrada brilhante sobre o oceano, nenhum barco negro e veloz, de proa vermelha, singrou pela noite enluarada.

Acima, muito acima do oceano, outra mulher tudo observava. Como Calipso, a ninfa do mar, e como Penélope, a rainha de Ítaca, ela amava Odisseu, o herói de Troia. Tinha preservado a vida dele durante muitas batalhas; tinha plantado as pequeninas flores brancas que eram o antídoto das poções mágicas de Circe; tinha assentado a terra nas raízes do arbusto que pendia sobre Caríbdis; e tinha produzido a névoa amistosa sobre o mar para escondê-lo enquanto ele vagava desamparado sobre a quilha vermelha. A deusa Palas Atena amava Odisseu, por mais que ele fosse miúdo, atarracado e mortal.

Por sete anos intermináveis, ela observou a gruta atapetada de Calipso e viu Odisseu soluçar ao sol, rogando a Calipso que o deixasse partir. Todos os dias ele acendia uma fogueira, fazia sacrifícios e suplicava o auxílio dos deuses. Zeus, o todo-poderoso, pai de todos os deuses, tinha decidido: nenhuma deusa intrometida devia mandar um barco ou carregar Odisseu para casa em asas mágicas.

Por fim, Atena foi até o pai e disse:

— Zeus, deixe Odisseu continuar sua viagem. Sua mulher e seu filho precisam dele em casa.

— Não! — respondeu Zeus asperamente. — Ele pode ficar onde está. Será algum tormento, de fato, viver com uma ninfa do mar no paraíso? Não, não negarei a Posêidon a vingança por seu filho cego!

— Ouviu o que Calipso disse hoje? — persistiu Atena, pousando a cabeça no ombro do pai. — Ela se ofereceu para torná-lo imortal como ela.

— Ela o quê?

— Ofereceu-lhe o dom da imortalidade se ele concordasse em amá-la.

— Despudorada...! E ele? Como reagiu?

— Recusou — declarou Atena, orgulhosa.

Zeus suspirou, aliviado, e pareceu agradavelmente surpreso.

— Recusou a imortalidade? Ele realmente deve querer muito abandonar Calipso. Mas por quê, eu me pergunto...? Por uma mulher, um filho e um mísero reino de três ilhas?

Atena aguardou pacientemente.

— E então? Vai considerar a libertação dele?

Zeus franziu o cenho, e rolos de nuvens brancas se enrugaram sobre seus olhos onividentes.

— Quando foi que um pequeno mortal causou tanta excitação entre os imortais? Em poucos anos ele não passará de um monte de pó e de um espírito errante... Muito bem. Vou mandar dizer a Calipso que ela deve libertar Odisseu. Mas, Atena...

— Sim, querido pai?

— Nada de asas mágicas para carregá-lo, nem palavras de advertência sussurradas em seu ouvido enquanto dorme, nem visitas à terra para caminhar ao lado dele. Esse homem ama a esposa. Seria um grande erro se alguma deusa insensata se apaixonasse por ele.

Atena arregalou seus olhos cinzentos de guerreira.

— Uma deusa amar um mortal? Como uma coisa assim poderia acontecer, querido pai?

Por trás de uma coluna de arco-íris do lar dos deuses, Posêidon estava agachado, muito pouco à vontade no reino seco do Céu. Fez cair uma chuva azulada sobre a paisagem logo abaixo ao esfregar as mãos e mostrar os dentes num sorriso.

— Agora terei você onde quero, mísero mortal. Logo se perguntará por que tanto suplicou para partir da ilha de Calipso!

9

A vingança de Posêidon

O mensageiro de Zeus foi um visitante indesejável para Calipso. Ela chorou, esbravejou, rogou, mas por fim teve de se submeter e deixar Odisseu partir. Permitiu que suas árvores fossem abatidas e amarradas numa jangada e até teceu uma vela para seu mastro. Mas o tempo todo tentou persuadi-lo e lisonjeá-lo:

— Você não me ama sequer um pouco? O que não aprecia em mim? Eu posso mudar! Você poderia me amar se ao menos tentasse. Eu o tornaria imortal. Não gostaria de ser imortal? Quer morrer um dia e ficar para sempre no Hades? Quer sair daqui e enfrentar Posêidon? Ele se lembra de você! Ele nunca se esquecerá de você!

— Senhora, sou-lhe muito grato por ter salvado minha vida — disse Odisseu, fazendo força para empurrar a jangada na água. — Eu certamente me lembrarei da senhora pelo resto da vida.

— Lembrará? Oh, lembrará, de verdade? — Ela ficou na ponta dos pés à beira da água, protegendo os olhos do sol com uma das mãos e acenando com a outra, até que a vela não fosse mais que uma mancha branca no horizonte.

Ele teria me amado se tivesse ficado aqui só mais algumas semanas, disse para si mesma. Mas logo sua atenção foi atraída por um garfo de luz que feria o mar ao norte.

Um garfo? Não, era um tridente — o tridente dourado que Posêidon empunhava para abrandar as feras rebeldes do oceano e domar os tubarões. Do lado do nascente veio uma manada de cavalos marinhos, arqueando suas crinas de espuma branca e rasgando uma trilha cinzenta nas águas que revolviam ao pisotear. Galeotas e barcos de pesca naufragados, que jaziam vazios e despedaçados no fundo do mar, eram puxados à superfície e rodopiavam pelas águas revoltas.

À luz dos relâmpagos que desabavam à sua volta, Odisseu viu os olhos assustados e sem cor dos peixes e as ventosas dos braços esticados das lulas. As ondas que se erguiam em torno dele vinham repletas de enguias e temperadas com cracas afiadas e conchas pontiagudas. Os redemoinhos que o tragavam eram mais profundos e escuros do que Caríbdis, e as correntes abaixo o arrastaram três vezes em torno do mar, como o cadáver de Heitor fora arrastado três vezes em torno das muralhas de Troia.

Então, as pontas do tridente de Posêidon incendiaram as cordas que prendiam a jangada de Odisseu. Os troncos flutuaram, separados, em chamas, e Odisseu foi lançado ao mar furioso e engolido, corpo e alma.

Ele se desfez das sandálias, da roupa pesada e da espada, que desapareceram abaixo dele, tragadas pela escuridão sem fim. Prendeu o fôlego até sentir alguma coisa enrolar-se em torno do peito. Achou que era um polvo. E foi somente então que perdeu as esperanças: inspirou profundamente e encheu os pulmões com água para se afogar mais depressa.

A água tinha gosto de ar... de ar doce e fresco! E nenhum monstro marinho tinha agarrado Odisseu. Alguma coisa pálida e suave roçava seu corpo, mas era apenas uma garota com uma cauda de peixe e longos fios de algas como cabelos. Seu véu envolvia o peito de Odisseu, e ela o rebocava pelas pontas, como numa brincadeira, com o rosto bem junto do dele. Quando emergiram, o relâmpago iluminou um temível arrecife

contra o qual as ondas tempestuosas se despedaçavam em nuvens de es-
·puma cintilante. Odisseu também parecia fadado a se despedaçar contra
as rochas afiadas, mas a garota continuou a ondular, a sorrir e a rebocá-lo
na laçada de seu véu encantado.

A noite estava pálida de cansaço, mas o sol ainda não se levantara. A
terra além do arrecife foi se mostrando pouco a pouco, detalhe por detalhe:
uma brecha no arrecife, uma colina íngreme, o estuário de um rio.

Subitamente, o jogo da ninfa marinha terminou e, como uma criança
enjoada de uma brincadeira, ela saiu nadando, puxando o véu atrás de
si. Sem aquela magia, Odisseu novamente bebia água e se debatia, meio
afogado por cada onda violenta. Só o nado exaustivo e desesperado
trouxe-o por fim para o rio. Com mãos e joelhos, arrastou-se pelo gelado
curso de água antes de se atirar num arbusto da margem: tinha medo de
ser devorado dos pés à cabeça por animais selvagens antes mesmo que
pudesse despertar.

No entanto, não foi um animal selvagem que o despertou, mas um
grupo de mocinhas que vinham se banhar e lavar roupa no rio. Uma delas
se despiu e, sem ver Odisseu, acidentalmente envolveu o rosto dele com
o vestido ao pendurá-lo no arbusto. Ele acordou em pânico, sonhando
que estava de novo na gruta de Calipso, sendo sufocado por tapetes de lã.

Ao lutar para se livrar do vestido, ele saiu do arbusto e caiu no rio, numa pancada bem audível.

Ao se levantar, viu-se rodeado de várias mocinhas submersas até os ombros, como ele, e todas fitando-o com olhos arregalados de surpresa.

— Como o senhor ousa? — disse a mais alta. — Estava nos espiando?

Odisseu sacudiu a água dos ouvidos.

— É claro que não, senhorita! Eu bem que gostaria de nunca mais na vida ver uma jovem. Elas só causam confusão, apaixonando-se por mim e todas essas coisas.

— Não consigo entender a razão — disse uma, em tom de deboche.

— Calíope, silêncio! As leis da hospitalidade exigem que sejamos gentis com este idoso, haja o que houver. Como o senhor se chama?

— Idoso?

Odisseu ficou de queixo caído. Cambaleou para fora do rio e pegou um espelho que pertencia a uma das garotas. Não reconheceu o rosto que viu ali. Estava enrugado e rachado pelo sol e pela água do mar. A barba e o cabelo estavam grisalhos; as sobrancelhas, desgastadas pelo sal; os olhos, vermelhos e entumescidos. Descobriu, também, que estava só de túnica, e que seus joelhos esquálidos, mordidos pelos peixes, batiam um no outro. Deixou cair o espelho.

— Senhoras! Como poderão um dia perdoar meu comportamento? Como poderei fazê-las acreditar que sou Odisseu, rei de Ítaca, regressando da guerra de Troia?

Ao ouvir isso, todas as mocinhas, menos uma, irromperam em gargalhadas. A mais alta disse:

— Se o senhor ficar de costas enquanto saímos do rio, poderemos acreditar que é um cavalheiro.

Uma hora mais tarde, Odisseu era levado na traseira de uma carroça, junto às roupas da princesa Nausícaa e de suas damas de companhia, enquanto voltavam ao palácio do rei Alcínoo, na ilha de Esquéria. Lá Odisseu se apresentou — um homem humilde, nervoso, envergonhado, exausto, trajando uma túnica rasgada e suja.

O rei Alcínoo possuía muitas casas de tesouro e arsenais, mil acres de terras férteis cultivadas e uma frota de navios de proa vermelha ancorados num porto feito de pedra. Seu serviço doméstico empregava mil servos, e seus templos faziam sacrifícios ininterruptos aos deuses. Seus navios mercantes, cruzando os mares, carregavam a fama do rei para terras tão distantes quanto a África e as Colunas de Hércules.

Mas quando viu o pequeno Odisseu, cabisbaixo, andrajoso e coberto de feridas rodeadas de sal, o rei saltou de seu lugar à mesa e pôs-lhe as mãos sobre os ombros.

— Você disse à minha filha Nausícaa que seu nome é Odisseu, rei de Ítaca, e vejo que seus olhos não mentem. Sente-se já, coma e beba. Mandarei trazer roupas novas para você e aprontar uma embarcação, que encherei com alguns humildes presentes. Quando estiver descansado, e se não for um fardo muito pesado para você, gostaríamos de ter o privilégio incomparável de ouvir suas aventuras. Seu nome é famoso de costa a costa no mar que está no centro do mundo.

Então, o maltrapilho rei de Ítaca irrompeu em lágrimas e abraçou Alcínoo.

— Eu lhe contarei tudo e não omitirei nada — disse, enxugando os olhos. — Mas, antes, diga-me uma coisa. Se conhece meu nome, conhece também meu pequeno reino de três ilhas? Chama-se Ítaca e daria tudo na vida para tornar a vê-lo.

— Mas é claro que conheço, meu caro amigo! As florestas de Zante estão logo ali, no horizonte, pouco adiante está Cefalônia e, mais além, Ítaca com seu altaneiro monte Nériton. Basta um dia para que meus melhores remadores levem você de volta à sua amada rainha.

O banquete que o rei Alcínoo preparou aquela noite foi cantado por poetas e menestréis em canções e baladas até que, no curso devido, elas ecoaram entre os Rochedos Errantes, repercutiram nas grutas marinhas de Calipso, subiram aos ouvidos dos deuses e foram tragadas pelo rio Oceano até as sombras do mundo inferior. Em meio a torrentes de comida, em meio às danças das jovens e ao ritmo dos músicos, Odisseu contou suas aventuras.

Contá-las era quase como revivê-las, mas ele não omitiu nada — como e por que seus companheiros tinham morrido, um a um, e aonde suas viagens o tinham levado. As damas esconderam o rosto quando ele descreveu os monstros. Homens feitos choraram quando narrou a perda de doze barcos com toda a tripulação. Levou uma noite inteira para contar a história inteira — e, no entanto, ela não podia ser contada por inteiro, pois Odisseu ainda estava separado da mulher, do filho e do reino das três ilhas.

Assim, ao amanhecer, ele embarcou no navio que Alcínoo lhe presenteara e se deitou no convés, sobre uma pilha de mantas e tecidos bordados que a própria princesa Nausícaa tinha preparado. O porão estava repleto de caldeirões de cobre, arcas de prataria e presentes de tecidos e perfumes para Penélope. Cada jovem remador da frota de Esquéria quis um lugar na embarcação, e a tripulação foi escolhida por sorteio. Nenhuma só palavra foi dita sobre Posêidon ou sua vingança não satisfeita.

Por dez anos, Odisseu não tinha dormido mais do que um pássaro sobre a asa. Agora, após a longa narrativa da noite, ele dormia tão profundamente que não despertou nem mesmo quando o barco esqueriano atracou numa enseada de cascalho... Nem mesmo quando os remadores o carregaram, junto ao tesouro do convés, para fora da embarcação... Nem mesmo quando eles puxaram o navio de volta ao mar e se afastaram remando, entoando canções sobre a viagem de dez anos, que chamaram de *Odisseia*.

Estavam quase de volta a Esquéria. Cantavam no ritmo de suas remadas, e a canção infiltrou-se água abaixo e balançou as verdes madeixas do cabelo de Posêidon. O deus do mar, que estivera dormindo, espreguiçou-se na vala mais profunda do oceano, levantou-se e escutou:

Odisseu já volta ao lar
e ao amor de quem o ama!
Nós, seus bravos remadores,
partilhamos sua fama!
Chega ao fim sua viagem,
tormentosa epopeia...
Quem jamais se esquecerá
da fantástica Odisseia?!

O rugido de Posêidon fez o oceano fervilhar. Sua cabeça irrompeu das ondas a pouca distância do navio, e suas mãos o rodearam como a boca verde de Caríbdis.

A fosforescência que faiscava em torno dele era tamanha que a embarcação de Esquéria com toda a tripulação foi tragada pela luz. Tão terrível era o olhar, fuzilando os homens de ponta a ponta da proa escarlate, que seus corações viraram pedra com o peso do terror.

Não viraram pedra só os corações: os peitos que os abrigavam, as pernas apertadas contra o convés, o próprio convés; os braços que puxavam os remos, os próprios remos. O navio inteiro, de proa a popa, virou pedra — até mesmo a água que o mantinha à tona se transformou em rocha: um arrecife negro, coberto de flocos de tinta vermelha, em pleno mar.

No futuro, os marinheiros que viessem a passar por ele ofereceriam orações devotas e sacrifícios a Posêidon, mas murmurariam entre os dentes:

— Glória aos bravos homens de Esquéria e ao rei Alcínoo, cuja gentileza é comemorada para sempre neste triste rochedo negro!

10

Um marido para Penélope

Na noite em que Odisseu contou suas aventuras ao rei Alcínoo, sua mulher Penélope também estava desperta, trabalhando em seu tear sob a janela enluarada do palácio de Pelicata. Ela também estava exausta após tantos anos maldormidos — todas aquelas noites solitárias passadas a desfazer a trama que tinha urdido durante o dia. Penélope decidira que o véu jamais seria concluído.

Os pretendentes tinham começado a se perguntar, anos antes, por que o véu demorava tanto a ser tecido. A maioria acreditava que alguma força mágica estaria desenredando a teia para caçoar deles. Mas dois não eram nada supersticiosos. Ficaram de olho em Penélope enquanto ela trabalhava, esperando apanhá-la destecendo quando deveria estar tecendo. Não funcionou.

Então, uma nova ideia lhes ocorreu.

Se Penélope não estivesse tão fatigada, cabeceando sobre seu trabalho à luz da lua, poderia ter ouvido os passos desajeitados nos degraus e percebido os homens que se insinuavam junto à porta. De repente, eles irromperam no cômodo, agarraram o tear e o atiraram pela ampla janela.

— Nós a pegamos, senhora! Seu embuste foi revelado! Quem poderia acreditar? A senhora é tão astuta quanto o seu finado marido, o esperto Odisseu. Bem, o jogo acabou. O véu está pronto. Hoje será o dia em que a senhora escolherá um marido. Por isso, é bom dar uma olhada atenta em cada um de nós. Se me escolher, não contarei aos outros que fina trapaceira é a rainha Penélope!

— Mas eu contarei! — disse o outro, irritado. — Faço questão de me casar com ela antes de você!

E os dois se foram, discutindo e esbravejando.

— Danem-se! — exclamou Penélope por trás deles. — Eu sou Penélope, filha de Icário e mulher de Odisseu! Como poderia concordar em casar com qualquer um de vocês? Nenhum de vocês serviria sequer como bainha para a espada de Odisseu!

Logo se espalhou a notícia do embuste de Penélope, e os pretendentes esvaziaram as despensas nos preparativos de mais um banquete magnífico, o último, em que o casamento seria decidido de uma vez por todas.

Quando Odisseu despertou, deitado sobre a pilha de tecidos bordados, não conseguiu, por um instante, lembrar onde estava. A forma da montanha que se erguia sobre ele lhe era familiar.

— O monte Nériton!

Estava de novo em casa, em Ítaca, sozinho numa praia de cascalho, sem ter ninguém a quem agradecer por seu regresso são e salvo, nem ninguém para recebê-lo.

O temor agitou seu coração quando pensou no tempo que já tinha transcorrido desde que ouvira falar dos pretendentes que assediavam Penélope. Teria ela continuado a acreditar nele, a esperar por ele, a resistir às investidas dos príncipes impiedosos? Decerto, a essa altura, já teria sido forçada a se casar. Estremeceu ao pensar nisso, mas logo acalmou o coração saltitante e pensou num plano.

Escondendo o tesouro que o rei Alcínoo lhe dera, vestiu novamente a túnica esfarrapada e imunda com que Nausícaa o encontrara. Sujou o rosto, enrolou a cabeça com uma tira de aniagem e subiu por trilhas conhecidas até o lar de um velho amigo.

O antigo guardador de porcos ainda vivia em sua gruta árida e desconfortável, cuidando dos porcos do palácio como fazia quando Odisseu partira para a guerra. Não restavam muitos porcos, embora a manada já tivesse sido enorme: os pretendentes diariamente se empanturravam de carne e toucinho. Ao se aproximar da gruta, Odisseu ouviu o ruído de vozes — a de um jovem e a de um idoso — e seu próprio nome mencionado mais de uma vez.

— Seria diferente se Odisseu estivesse aqui — disse o velho guardador de porcos.

— Seria? A vida inteira ouvi isso, mas Odisseu para mim não passa de um nome. Nem sequer recordo seu rosto.

— Ora, rapaz, basta se olhar num espelho para ver como é Odisseu. Você é o retrato de seu pai.

Odisseu afastou para o lado a cortina maltrapilha da entrada da caverna.

— Telêmaco? É de fato Telêmaco?

O jovem ficou de pé num sobressalto, já com meia espada desembainhada, pensando ser uma emboscada (pois já sofrera emboscadas antes por parte dos pretendentes). O guardador de porcos se interpôs entre eles.

— Ah, eu conheço essa voz! — disse ele, fitando o rosto do recém-chegado e dirigindo-lhe um amplo sorriso. — Guarde a espada, príncipe Telêmaco. Este é um velho amigo meu. Ele anda viajando pelo mundo há muitos e muitos anos.

Odisseu também sorriu para o velho e disse:

— E agora naufraguei junto a esta bela ilha e não tenho meios de voltar para casa. Poderia me ajudar a conseguir um novo barco, príncipe Telêmaco, embora eu não passe de um estranho?

Telêmaco fez um gesto de desgosto:

— O senhor certamente partiu há muito tempo, já que parece desconhecer a situação que reina aqui em Ítaca. Minha palavra não vale nada. A partir de hoje, terei sorte se conseguir ficar vivo. Mas se meu pai estivesse aqui, ele lhe daria um barco e tudo o que fosse preciso para o senhor voltar para casa. Ele mesmo é um viajante e deve precisar da ajuda de estranhos.

— Quem? Odisseu, que lutou em Troia? — disse Odisseu. — Quer dizer que ele nunca regressou? Talvez esteja morto.

— Se estiver, Ítaca, a rainha e eu estaremos perdidos. Eu não quero acreditar nisso... Sabe que seu rosto me parece familiar? Já não nos encontramos antes?

Odisseu pôs um braço diante dos olhos para esconder suas lágrimas de alegria.

— Não desde que você era um bebê recém-nascido. Não nos últimos vinte anos. Não desde que começou a guerra de Troia, quando todo homem de valor deixou seu lar e família e partiu para lutar ao lado de Agamenon. Oh! Você não imagina como foi duro deixar minha mulher e meu filhinho e enfrentar as dificuldades para voltar até eles. Venha cá, meu filho, e deixe-me olhar para você. Eu sou seu pai, Odisseu. Finalmente estou de volta!

Telêmaco saiu da gruta do guardador de porcos antes de Odisseu e voltou ao palácio, como se nada tivesse acontecido. Nada disse à mãe, nada aos pretendentes que zombaram dele quando chegou e lhe deram cotoveladas. Estava pronto o festim em que Penélope deveria escolher um novo marido.

Os pretendentes já não se incomodavam em agradá-la ou lisonjeá-la. Ela agora era simplesmente um prêmio que um deles ganharia, e o casamento, uma simples desculpa para comer e beber tudo em que pudessem pôr as mãos.

Os pretendentes gritavam, riam e comiam tanto que nenhum deles percebeu um mendigo maltrapilho esgueirar-se pelo pátio e sentar-se junto à porta. Nenhum deles — apenas um grande e velho cão, deitado sob o último raio de sol. Suas costelas estavam feridas pelos chutes dos pretendentes, e ele cambaleava inseguro sobre quadris doloridos. Mas, por fim, alcançou o mendigo e farejou seus muitos cheiros. Então, pousou a cabeça no colo do mendigo e sua cauda bateu no solo três vezes.

— Então você não me esqueceu, não é, Argos, meu amigo fiel? — disse o mendigo. — Não se esqueceu de como saímos juntos para caçar, quando você não passava de um filhotinho desajeitado. Tivemos uma vida dura, desde então, eu e você. Quantas coisas poderíamos contar um ao outro, não é, meu velho? — E afagou as orelhas do cão até que o coração do fiel animal explodiu de alegria, e ele morreu.

Após alguns minutos, o mendigo depôs a cabeça peluda para um lado e entrou no salão, inclinando-se e arrastando-se muito humildemente. Ajoelhou-se ao lado de cada uma das cadeiras.

— Dê-me um pedaço de carne de seu prato, senhor — disse ele.

— Fique lá fora com os outros animais!

— Dê-me um gole de vinho de sua taça, senhor.

— O quê? E beber nela depois? Eu poderia me contaminar! Suma daqui!

— Dê-me a casca de pão entre seus dedos, senhor.

— Sim, vou dá-la — disse o pretendente, atirando-a na cara do mendigo. Em seguida, lançou maçãs e limões nas costas do maltrapilho, que se afastava.

— Dê-me um naco de comida, senhora, e me lembrarei de seu nome em minhas orações.

— Aqui tem, senhor. Pode ficar com meu prato e minha taça — disse Penélope. — Eu me engasgaria se comesse na companhia desses cães sem caridade. Venha, sente-se em minha cadeira e descanse. Rezo para que alguém em algum lugar tenha comida e bebida a oferecer ao meu adorado marido.

Ela se levantou para deixar o salão, mas quando os pretendentes a viram, começaram a gritar:

— Aonde vai? Não pode sair ainda! Não escolheu! Escolha!

— Escolha!

— Ou teremos de escolher por você!

— Amanhã você se sentará para jantar a sós com seu novo marido!

Lívida, Penélope silenciou-os com um lampejo de seus olhos penetrantes. Ergueu-se, parecendo prestes a recusar o casamento mais uma vez.

— Sim, mãe, escolha! — exclamou Telêmaco, jogando-se a seus pés. — Já passou da hora. É óbvio que meu pai está morto. Como alguém poderia levar dez anos para voltar para casa? Escolha, mãe. Eu já fui um dia o herdeiro de Ítaca, porém não me importo mais. Deixe que um desses nobres cavalheiros tome a coroa, e seus filhos depois dele.

— Muito bem, garoto! — uivaram os pretendentes. — Até que enfim ele cresceu!

A rainha Penélope ficou estarrecida.

— Meu próprio filho me diz isso? Então, eu me rendo! — E acrescentou, com amargura: — Já que acha que devo me entregar às mãos de um desses homens, Telêmaco, talvez você deva escolher aquele com quem me casarei.

— Faça-os competir — respondeu, rápido, Telêmaco. — Já que seu primeiro marido era um homem habilidoso com as armas, por que não se casa com aquele capaz de se equiparar a Odisseu? Veja! O arco de meu pai continua suspenso sobre a lareira. Case-se com o homem que conseguir pôr-lhe a corda e disparar uma flecha que atinja um alvo de sua escolha.

Desamparada, desolada e traída, Penélope olhou em volta, buscando o alvo mais difícil que pudesse escolher. Cada pretendente carregava um cutelo ou pequeno machado, preso à cintura por um laço de couro.

— Ponham seus machados de ponta-cabeça sobre a mesa. O homem que conseguir pôr a corda no arco e disparar uma flecha através de todos os laços de couro me tomará por esposa amanhã de manhã.

Ela então deixou o salão e se foi para seus aposentos.

Com bêbada alegria, os pretendentes varreram os pratos da mesa e chutaram para o lado o mendigo que estava sentado na cadeira da rainha. Jogaram seus machados sobre a mesa e agarraram o arco na parede — o grande arco de caça do jovem rei Odisseu. Um a um, esforçaram-se para curvá-lo de modo a passar o laço da corda pela fenda na extremidade do arco.

Resmungaram e se extenuaram. Xingaram e fracassaram. Cada homem que desistia atirava o arco para longe de si, com raiva.

— É impossível. Ele ficou rígido com o tempo. Seria necessária a força de três homens para dobrá-lo.

— Deixem-me tentar — disse o mendigo, que permanecera sentado e mudo até então.

— Você, seu monte de lixo? — E de novo lhe atiraram frutas e lhe deram chutes.

— Deixem-no tentar — disse Telêmaco, lançando desdenhosamente o arco sobre a cabeça do mendigo.

O homem esfarrapado se levantou — não um homem alto, mas parrudo e atarracado. Encaixou o arco numa coxa e escorou-o com o outro tornozelo. Em seguida, fez deslizar o laço da corda pela fenda. O arco estava encordoado.

Tomado de fúria, um dos pretendentes se apoderou do arco.

— Muito bem, vamos prosseguir com a disputa. Primeiro eu!

Os machados tremiam, as flechas fugiam para a esquerda e para a direita, até as paredes se encherem de farpas. Eles falhavam, falhavam e falhavam. Estavam furiosos por falhar. Estavam fora de si de tanta raiva.

Odiavam-se mutuamente, temendo que um deles, por fim, acabasse tendo êxito. Ameaçavam Telêmaco com os punhos cerrados porque ele se atrevia a rir de seus esforços infelizes.

O mendigo não ria. Esperou até o arco ser desprezado pelo último pretendente sem sucesso. Todos os machados estavam em seu lugar. Ele fez a pontaria entre as dezenas de laços de couro e disparou.

A flecha atravessou os laços em linha reta, como um raio de luz atravessa a íris do olho — e atingiu o coração de um pretendente. Depois disso, o mendigo saltou no centro da mesa, em meio à floresta de machados. Tinha a cabeça e o peito nus, e seus cabelos grisalhos se derramavam sobre os ombros.

— Eu sou Odisseu, de volta da guerra de Troia, e vocês são as formigas que encontrei em minha despensa, os ratos que achei em meu porão! Penélope não se casará com nenhum de vocês. Ela já tem marido, como vocês logo lamentarão!

Disparou uma dúzia de flechas, e cada uma encontrou seu alvo. Seu filho saltou a seu lado, com uma espada em cada mão e, dorso contra dorso, eles lutaram.

Contra um menino e um mendigo, os pretendentes foram muito valentes. Contra Odisseu e o herdeiro de seu trono, eles entraram em pânico e guincharam e debandaram como homens transformados em porcos por algum feitiço. Mas não havia escapatória. Uma hora depois, o salão caiu em silêncio. Cada pretendente estava morto.

Telêmaco se sentou no meio da mesa para recuperar o fôlego, mas Odisseu tocou-lhe timidamente o ombro e apontou na direção do quarto de Penélope.

— Vá lá e diga-lhe que voltei. Não sei como fazer isso.

Telêmaco foi e contou a ela.

Quando Odisseu surgiu no topo da escada, Penélope não sorria. Ela lhe inclinou a cabeça e apontou um assento.

— O senhor deve estar exausto, depois de tantas viagens. Sou-lhe muito grata por livrar meu palácio desses esbanjadores — e apontou para a pilha de cadáveres. — Vou preparar um leito para o senhor.

Foi a vez de Odisseu ficar estarrecido. Uma recepção tão fria depois de vinte anos? Bem, talvez ele já não fosse o belo marido que ela mandara para a guerra. Talvez ele fosse uma decepção para ela.

— Não posso dormir em minha própria cama? — perguntou timidamente.

— Muito bem, vou mandar colocá-la no quarto do poente. Lá o senhor se sentirá à vontade.

Odisseu bateu palmas.

— Agora entendo! A senhora está me testando! Minha cama foi escavada no tronco da árvore mais frondosa que se ergue no centro desta casa e que sustenta o telhado. Como poderia ser levada para o quarto do poente?

Penélope então saltou sobre os pretendentes mortos no chão e beijou o marido, apertando-o junto a si.

— Depois de tanto tempo, eu tinha de testá-lo... Não ousei acreditar em meus próprios olhos. Eu esperava ver um homem velho, desgastado pelas batalhas e pelas adversidades. Mas você continua tão belo como no dia em que saiu de Ítaca!

Nos campos do reino de três ilhas os lavradores dançavam. Nas encostas do monte Nériton, os pastores de cabra tocavam suas flautas agudas. Por toda Ítaca, Cefalônia e Zante, fogos de alerta se acenderam e tambores rufaram da manhã até a noite para dizer que o rei Odisseu finalmente estava em casa.

Nos dias pacíficos que se seguiram, os poetas escreveram os sofrimentos e os triunfos da Odisseia. Mas Odisseu não ouviria os poemas recitados nem as canções entoadas enquanto não fizesse sacrifícios a Posêidon e acertasse a paz entre homens e deuses, entre mar e continente, entre o Céu e a Terra.

POR TRÁS DA HISTÓRIA

Finalmente, Odisseu concluiu sua viagem. Mas você pode continuar navegando pelos mares da Grécia antiga e entender por que sua cultura é tão importante para a formação do mundo ocidental.

RESENHA DE UM JOVEM LEITOR

Adriel Bispo

A obra *Odisseia*, escrita por Homero, é um poema de caráter épico, uma epopeia, que fala sobre a jornada e a trajetória de Odisseu, o guerreiro mais ardiloso da Grécia e rei de Ítaca, enquanto ele se esforça por dez anos para voltar para casa após a Guerra de Troia. Narrando suas aventuras, provações e encontros místicos com diversos seres, o poema é uma exploração atemporal da natureza humana, da perseverança e da importância de pertencer a algum lugar, de ter um lar. É também um pilar de muitas outras produções artísticas, servindo até a contemporaneidade como inspiração e legado cultural na literatura.

Neste livro, a história inicia-se com Odisseu saindo das praias de Troia e voltando para casa. Contudo, suas aventuras o levam a várias terras habitadas por criaturas míticas e feiticeiras que o capturam, o enfeitiçam e tentam impedi-lo de chegar a seu destino, como os Comedores de Lótus, que oferecem a seus homens uma planta narcótica, a flor de lótus, fazendo-os esquecer o desejo de voltar para casa e aproveitarem o tempo ali. Odisseu, determinado a continuar sua jornada, arrasta seus homens de volta ao barco e segue seu rumo.

Durante a narrativa, eles encontram o ciclope Polifemo, filho de Posêidon, que prende Odisseu e seus homens em sua caverna. Com astúcia e desenvoltura, Odisseu cega Polifemo de forma certeira e foge agarrando-se à parte inferior das ovelhas do ciclope, para que este não os perceba.

A jornada continua até Eólia, uma cidade de bronze flutuante, onde o rei guarda uma bolsa com todos os ventos. Ele dá a bolsa a Odisseu, contando que ele não a abra. Os ventos ajudam Odisseu e sua tripulação a chegar bem perto de Ítaca, mas seus companheiros ficam curiosos com o tesouro na bolsa do capitão e a abrem. Os ventos enfurecidos que escapam os levam até a terra dos gigantes canibais, que acabam com quase toda a tropa de Odisseu, mas ele consegue fugir com alguns soldados.

Eles navegam até a ilha de Circe, uma poderosa feiticeira que transforma os homens de Odisseu em porcos, dificultando mais ainda a volta da tripulação à sua terra natal. Odisseu resiste à magia de Circe por causa de uma planta mágica e a convence a restaurar a forma humana de seus homens. Agora livres, são muito bem tratados pela feiticeira, tão bem que se esquecem de seus objetivos e se perdem em meio ao ócio e ao prazer, mas Odisseu recobra seus sentidos e convence Circe a ajudá-los a encontrar um jeito de despistar Posêidon, que estava furioso com Odisseu por ter cegado seu filho. Ela então os aconselha a procurar o Oráculo no Hades, o mundo dos mortos.

O Oráculo conta a Odisseu que ele enfrentará ainda mais desafios e perigos antes de alcançar a Ilha do Sol, mas Odisseu não desiste. Eles navegam entre Cila, um monstro marinho com várias cabeças e tentáculos próximo à área da Sicília, e Caríbdis, um redemoinho mortal; e, apesar de perder muitos de seus companheiros devido a esses perigos, Odisseu persevera e permanece invicto.

Ao longo do caminho, Odisseu enfrenta também a tentação das sereias, cujas canções encantadoras atraem os marinheiros para a morte. Ele ordena que seus homens tapem os ouvidos com cera de abelha enquanto ele ouve seu canto, amarrado ao mastro do barco para resistir ao fascínio. Quando eles finalmente chegam à Ilha do Sol, o restante da tripulação de Odisseu mata o gado do deus-Sol, que fica furioso. Ele, ao lado de Posêidon, mata todos os companheiros, enquanto Odisseu consegue escapar. Odisseu é resgatado pela ninfa Calipso, que se apaixona perdidamente por ele e o mantém em sua ilha por muitos anos. Ele sofre muito, desejando voltar para casa, até que, com a intervenção de Atena, deusa da sabedoria, Calipso é obrigada a libertá-lo por decreto de Zeus, deus dos deuses.

Finalmente, depois de suportar inúmeras inconveniências e superar mais adversidades ainda, Odisseu chega à ilha de Esquéria, onde conta suas aventuras ao rei Alcínoo.

Comovido com sua história, o rei lhe fornece um navio para retornar a Ítaca, ao seu lar, à Penélope e Telêmaco, que tanto sofriam e sentiam sua falta, mesmo que todos ao redor da família desacreditassem da sobrevivência do protagonista.

Disfarçado de mendigo por Atena, Odisseu chega a Ítaca e encontra sua casa sitiada por pretendentes que buscam a mão de sua esposa. Não queria que o notassem imediatamente, muito menos perder sua esposa. Tomado por cólera, ciúmes e com a ajuda de seu filho e servos leais, Odisseu formula um plano de vingança, dizimando todos os interessados em casar com Penélope, um por um.

Ao final da batalha, Odisseu revela sua verdadeira identidade, restaurando a ordem em seu reino. Ele se reúne com Penélope, provando sua identidade ao contar o segredo de seu leito conjugal; assim, ela acredita que é mesmo seu marido quem retornou, que lutou tanto e incansavelmente, determinado a retornar.

Com a paz restaurada em Ítaca, a história termina com uma nota de reconciliação e encerramento, com tom de lição de moral, causando uma reflexão de ideais, eticidade e valorização da família apesar das adversidades, resistir às tentações, não desistir do que de fato é importante e ter não apenas uma casa, mas um lar – um lugar para voltar que vale mais que mil aventuras perigosas.

Odisseia não é apenas uma aventura emocionante, mas também uma exploração profunda de temas como lealdade, perseverança e saudade de casa. A obra de Homero continua a cativar os leitores com sua rica narrativa, personagens vívidos e sabedoria atemporal, além de ser referenciada em séries, filmes, peças teatrais e em muitos outros livros. Ela contribui para disseminar mundialmente a cultura greco-romana de forma rica, valorizada e interligada.

ODISSEIA ATRAVÉS DOS MARES E DO TEMPO

A *Odisseia* é uma obra clássica que nunca envelhece e continua a ter muito a dizer a cada novo leitor ainda hoje. Acredita-se que tenha sido criada há cerca de 2 800 anos, no século VIII a.C. No entanto, sua maior prova de resistência ocorreu nos primeiros dois séculos de sua existência. Naquela época, os gregos ainda não possuíam uma língua escrita, então a *Odisseia* só pôde chegar até nós porque foi transmitida oralmente, de geração em geração.

Os rapsodos, artistas que declamavam ou cantavam poemas ao som da lira, eram responsáveis por essa transmissão. A poesia era a forma dominante de literatura na época, pois as rimas e o ritmo auxiliavam a memorização. Assim, os versos que narravam as aventuras de Odisseu foram preservados até que pudessem ser escritos, no século VI a.C.

No entanto, ao longo do tempo, o texto sofreu modificações e várias versões diferentes surgiram. É impossível determinar quanto da obra que conhecemos hoje corresponde à criação original de Homero. Inclusive, não se sabe se esse poeta realmente existiu e, caso tenha, se foi de fato o autor da obra: há uma hipótese de que a *Odisseia* seja uma espécie de colcha de retalhos de textos de vários poetas.

A *Odisseia* narra a longa jornada de retorno de Odisseu após a Guerra de Troia, que é contada na *Ilíada*, outro poema épico. Páris, filho do rei de Troia, rapta Helena, rainha de Esparta. Os reis gregos se unem e cercam as muralhas de Troia para ajudar o marido de Helena a recuperá-la, mas a guerra se estende por dez anos. Odisseu então tem a ideia de construir um grande cavalo de madeira e se esconder dentro dele com um grupo de guerreiros, enquanto o resto das tropas gregas se escondia do outro lado da ilha de Troia.

Os troianos levam o cavalo para dentro da cidade, acreditando ser um presente de rendição dos gregos. Durante a noite, os soldados escondidos dentro do cavalo saem e abrem as portas para o restante do exército. Assim, os gregos vencem a guerra. O estratagema de Odisseu deu origem a expressões comuns até hoje em dia, como "presente de grego" e "cavalo de Troia".

Já na *Odisseia*, Odisseu navega por dez anos, tentando voltar de Troia para sua terra natal, Ítaca. Durante sua jornada, ele enfrenta diversos desafios e criaturas mitológicas, como o ciclope Polifemo, Cila e Caríbdis. É essa jornada do herói que acompanhamos neste livro.

Tanto *Ilíada* quanto *Odisseia*, apesar de suas características ficcionais, são pratos cheios para quem ama História. A Grécia antiga durou quase 4 mil anos, um período de grandes expedições militares e navais. Os gregos exploraram os mares Mediterrâneo e Negro, chegando até o oceano Atlântico e as montanhas do Cáucaso. Como resultado dessas viagens, foram fundadas inúmeras colônias gregas ao longo do Mediterrâneo, da Ásia Menor e da costa norte da África. A Guerra de Troia, narrada na *Ilíada*, pode ter sido uma dessas expedições.

Mas nem só de guerra se construiu a Grécia. A religião grega era baseada em um sistema politeísta que explicava o mundo físico e as paixões humanas com um diversificado panteão; alguns muito famosos, como Zeus (deus dos deuses e dos homens), Hera (deusa das mulheres, do casamento e da família), Atena (deusa da sabedoria e da guerra estratégica), Posêidon (deus dos mares), Hades (deus dos mortos) e Apolo (deus do Sol, da música e das artes). A Grécia também foi berço de grandes filósofos, como Aristóteles, Platão, Pitágoras e Sócrates, que debateram ideias como democracia e humanismo.

A influência da Grécia antiga na cultura ocidental é inegável. Seu legado inclui avanços nas artes, como arquitetura, escultura, literatura e teatro, além de contribuições para campos do conhecimento, como filosofia, astronomia, matemática e medicina. Os Jogos Olímpicos, criados pelos gregos em 776 a.C., também são um exemplo duradouro de seu impacto nos esportes.

Assim, a *Odisseia* não apenas conta a história de Odisseu, mas também reflete a grandiosidade da cultura grega e sua influência duradoura na civilização ocidental.